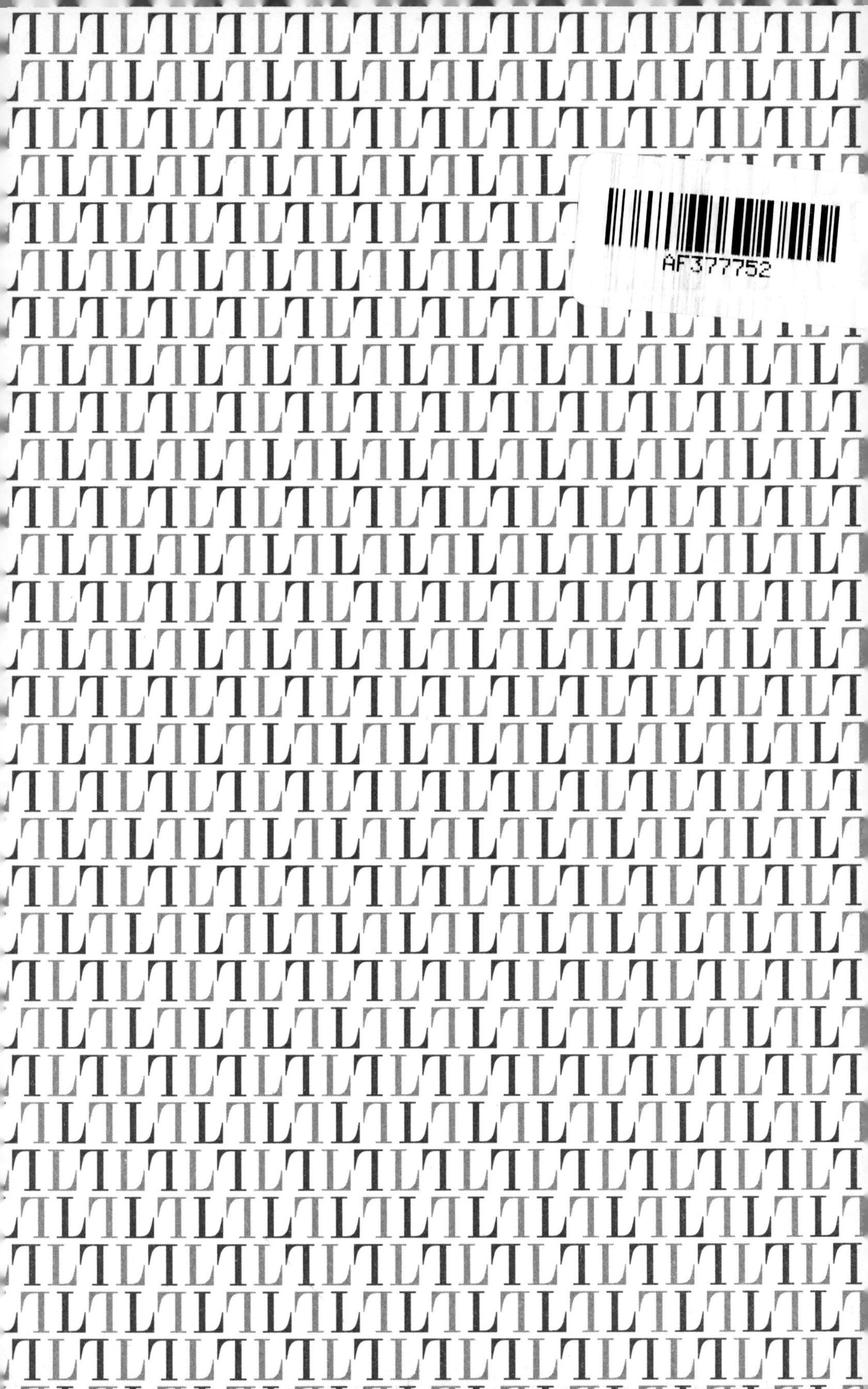

AF377752

Mañana seguiré viva

Mañana seguiré viva

Marta Pérez-Carbonell

Lumen

narrativa

Papel certificado por el Forest Stewardship Council®

Penguin
Random House
Grupo Editorial

Primera edición: enero de 2026

Printed in Spain – Impreso en España

ISBN: 978-84-264-2421-1
Depósito legal: B-19676-2025

Compuesto en M. I. Maquetación, S. L.

Impreso en Unigraf, S. L., Móstoles (Madrid)

H 4 2 4 2 1 1

*A Claudia, Isla y Andrés, principio y final
de las mejores historias. Y a quienes alguna vez
hayan querido gritar «¡Acción!» y volver a empezar.*

Me gustaría estar con todos en todas partes
escuchando una bella melodía:
que hay que vivir, amigos, que hay que vivir.

ANA MARÍA MOIX

Tell me, what else should I have done?
Doesn't everything die at last, and too soon?
Tell me, what is it you plan to do
with your one wild and precious life?

[Decidme, ¿qué más debería haber hecho?
¿No muere todo al final, y demasiado pronto?
Decidme, ¿qué es lo que planeáis hacer
con vuestra única, preciosa y salvaje vida?]

MARY OLIVER

Escucha la banda sonora de la novela

PRIMERA PARTE

No se sabe nada; todo se imagina. Eso decía quien pasó sus días inventando fábulas para el cine, confitando el recuerdo de una Italia que se desvanecía, recreándola como escenario en los estudios de Cinecittà.

Fellini jugó a convertir la realidad en ilusión melosa. Porque si no sabemos nada, podemos fantasear con todo. Y ese fue también el primer latido de esta historia.

Aquella tarde del verano de 1998 ya había empezado a caer el sol en Capri, y el mar Tirreno brillaba bajo una luz oblicua y mansa.

En línea recta hacia el sur se alzaba Estrómboli, la cima emergida de un volcán convertido en isla. A pesar de los más de doscientos kilómetros por mar que la separaban del cráter, Linda siempre temió que su lava recorriera aquel trecho y la alcanzara.

Linda era la legendaria actriz Linda Rams. La precedían su fama y su leyenda que, como astros a millones de años luz, eran capaces de alumbrar los pliegues de un universo en sombra. Y en su órbita siempre el eco de la pregunta más esquiva: ¿Quién es Linda Rams?

Era la primera tarde de una larga entrevista; quizá no la última, pero sí la definitiva. Se habían dado cita su biógrafo y ella para indagar y contar, para rescatar historias del olvido y convertirlas en fábulas que encajaran en el presente.

¿Qué hay detrás de quienes son blanco de infinitas miradas? Linda llevaba una vida entera representándose a sí misma, contestando preguntas: sobre su imagen y su carrera, sobre cómo se sentía al saber que había encarnado la iconografía de una época y encabezado algunas de las luchas más importantes del siglo xx, en qué había quedado todo ahora.

Tras casi cincuenta años en el punto de mira y una carrera plagada de honores, Linda aún veía su éxito como un espejismo; era cierto que parecía inexorable, eterno, suyo, pero lo que lo definía existía solo en estado gaseoso: su reputación, su caché, su fama. Todo eran miradas ajenas. No había manera de meterlo en una caja y protegerlo; estaba hecho de materia volátil y se encontraba únicamente en el aire, expuesto a que una erupción acabara con ello.

Aquel día estaba de nuevo frente a los *faraglioni* de Capri, esas rocas picudas que emergen del mar y fingen ser rayos invertidos. En otro tiempo, con fogatas en sus cumbres, hicieron de faros, alertando a las embarcaciones del peligro que suponían. Y luego, como Linda, como todo en la isla, se convirtieron en la representación de un mito.

—Dame algún cojín para estar más erguida, Loren, haz el favor. Casi no veo el mar desde aquí.

Lorenzo colocó un almohadón en el respaldo de la hamaca donde estaba recostada. Se encontraban en el gran balcón de su *suite*, en el hotel que años atrás había cambiado el nombre de su estancia más exclusiva por el de Linda Rams, la huésped que más la valoraba, la que trataba aquel lugar como si fuera su casa.

El hotel era Punta Tragara; fue diseñado en los años treinta por un joven arquitecto cuyo nombre nadie recuerda porque enseguida se convirtió en Le Corbusier. Como el musgo que invade la roca, los muros rosados y sinuosos del Tragara habían ganado terreno a la superficie pétrea, enredándose a su alrededor y alzándose sobre el mar de Linda.

Empezó a hospedarse allí a finales de los cuarenta, cuando el lugar contaba apenas con una década. Fue buscando privacidad con sus amantes, con su hija cuando era pequeña, fue ella sola, huyendo de la prensa, también como anfitriona de fiestas multitudinarias, con todos los *paparazzi* siguiendo cada uno de sus pasos. Y de nuevo sola.

Frente al mar, las gafas oscuras ocultaban sus célebres ojos negros, pero reflejaban los *faraglioni*, incorporados ya siempre a su mirada.

—Mira que es larga la barandilla para que te acodes donde quieras, y siempre haces lo mismo: ¡no me tapes los *faraglioni*!

No era la primera vez que Lorenzo la entrevistaba en aquel balcón.

—Es verdad. Como tú te sientas de cara a ellos y yo frente a ti, siempre acabamos igual —contestó haciéndose a un lado.

Lorenzo era Lorenzo Belmonte, periodista razonablemente respetado, aunque más venerado por algunos lectores devotos que por su propio gremio. Había decenas de escritores que podrían haberse encargado de la biografía de Linda Rams. Y muchos lo intentaron. Pero desde el reportaje «In Via Veneto, Linda è la notte» que le hiciera cuarenta y seis años atrás, la actriz siempre quiso que las palabras que se escribieran sobre ella vinieran de Belmonte. Por eso, con el tiempo, a pesar de estar empleado por el periódico *Stasera*, se convirtió también en una suerte de corresponsal *freelance* para Linda, y allí donde se requería una pieza sobre ella, acudía presuroso él.

Poco después de «In Via Veneto» la prensa americana abrió los brazos a la actriz. Se convirtió en la famosa portada de la revista *Life* en 1953; a esa le siguió la de *Time* al año siguiente, y aquella dio la vuelta al mundo, encumbrándola a icono de un nuevo tipo de sensualidad, un erotismo de apariencia doméstica, fabricado a base de algodón y lino, de pelo revuelto y pies descalzos. En todas las imágenes se acentuaban sus ojos oscuros, que tuvo que aprender a llenar de misterio, las largas ondas del pelo azabache, siempre en movimiento, sus caderas y curvas, el deseo enredado en su cuerpo como una serpiente, y esa risa contagiosa que descubrió Lorenzo en el Baglioni Regina, el hotel de Via Veneto donde Linda recibía a la prensa de Roma.

Corría el año 1952. Lorenzo llevaba poco tiempo colaborando con el diario *Stasera*, y fue una carambola que acabara entrevistando a una de las actrices más cotizadas de entonces. Pero a menudo son circunstancias estrafalarias las que determinan los momentos decisivos de una vida; en este caso, fue una gastroenteritis ajena la que marcó su carrera. Su jefe esperó hasta el último momento, y cuando vio que no paraban las arcadas avisó a la redacción. No dejaba de vomitar, pero no podían cancelar la cita con Linda Rams, que acababa de ganar un Oscar. Que llamaran a algún reportero joven, alguien que no fuera a eclipsarlo ni a rechistar, que improvisara bien y que tuviera un traje planchado.

Si los intestinos de aquel lejano jefe no le hubieran jugado una mala pasada ese día, quizá Lorenzo nunca habría conocido a Linda, y su vida habría sido otra. Pero no es posible dar cuenta de cada acontecimiento que nos sitúa en una dirección, cada paso o traspié, porque habría que considerar hasta las complicaciones digestivas de nuestros superiores.

Y así fue como aquella tarde acabaron recurriendo a Lorenzo, que cruzó Roma en Vespa, sin casco ni precaución, y se presentó en el Baglioni Regina con el traje hecho un guiñapo.

Era un joven con arranque y ganas de hacer tanto ruido como su moto, napolitano, aunque de padres españoles (por eso pensó en él aquella secretaria de *Stasera*). Cuando llegó, sudado y despeinado, a la *suite* donde tendría lugar la entrevista, llamó a la puerta y escuchó la voz de Linda desde el interior: «*Avanti!*». Al entrar, la vio sentada en el alféizar de una enorme ventana. Ella alzó el dedo índice a la altura de los labios, señalando antes al altavoz del que salían las últimas notas de *L'amour est un oiseau rebelle*. Sin levantarse del banco, cerró los ojos y siguió el ritmo de la música con el torso. Lorenzo se sentó en el sofá más cercano a la puerta y la observó absorto. Le sorprendió lo que desprendía en persona. No supo qué era, porque estaba en el otro extremo de aquella gran habitación y porque, sumida en ese trance, su cuerpo parecía no pertenecerle a ella sino a la ópera de Bizet.

Cuarenta y seis años después, Lorenzo tenía a sus espaldas una carrera de periodista que seguramente empezó aquel día, también un divorcio y un hijo al que ya no había que intercambiar con la mujer que en poco tiempo pasó de ser su amante a ser la madre de aquel niño y, casi al momento, su esposa y enemiga acérrima. Todo ello antes de convertirse en una extraña de la que sabía muy poco.

Pero esa calurosa tarde del verano de 1952 aún no había ocurrido nada. Linda llevaba un vestido de vuelo color crudo, ceñido en la cintura. Tenía treinta y dos años, diez más que Lorenzo; una diferencia de edad más evidente entonces que casi medio siglo después. A Linda le pareció un manojo de nervios, muy delgado, inconcebiblemente joven. Lo vio entrar de sopetón en la habitación y atusarse el pelo con la misma mano con la que sostenía un cuaderno. Mientras terminaba de sonar *L'amour est un oiseau rebelle*, se le cayó el bloc de notas al suelo y le salió un «mierda» que ella alcanzó a oír.

—¿Eres español? —le preguntó.

—Más o menos.

—¡Como yo! Encantada —dijo acercándose a él y tendiéndole una mano—: Soy Linda Rams.

—Sí, ya lo sé —contestó nervioso. ¿Las actrices famosas se presentaban como si alguien no supiera quiénes eran? ¿Debía decirle él su nombre? ¿Qué más le daba a ella quién era él? Fuera la esperaban una veintena de reporteros que irían entrando a lo largo de la tarde.

—¿Cómo te llamas? —le preguntó en español. Y con ese cambio a la lengua que ambos compartían se inició una complicidad que duraría toda la vida.

Linda, que evitaba leer lo que se escribía sobre ella, sí que leyó el reportaje basado en la entrevista de esa tarde, y le divirtió lo que inventó Belmonte sobre el encuentro: el texto daba a entender que habían pasado la noche paseando por Via Veneto, cuando en realidad habían estado sentados apenas media hora en los sofás de la habitación; hablaba de dudas que ella nunca expresó, de unas uñas mordidas que no tenía. Era evidente que Lorenzo había corrido un riesgo, pero a la actriz siempre le gustaron los juegos con la ficción y todo lo que implicara estirar aquella goma elástica que la separaba de sus interpretaciones, pues algunas de las características que le atribuía no eran suyas, sino de Gloria, su personaje más célebre.

Habían pasado casi cincuenta años desde entonces, casi una vida, casi dos, las de ambos, y esa tarde de verano volvía a entrevistarla.

—¿Cómo quieres empezar, Linda?

Ella se bajó las gafas de sol y lo miró por encima con una carcajada.

—¡No quiero empezar!

En todas las entrevistas le preguntaban siempre por la brecha entre su pasado y su presente: en qué consistía no haber sido nadie y luego serlo todo, haber sido abatida y después adentrarse en un mundo insólito para quienes habían intentado hacer de ella una piltrafa. Pero en esa ocasión, con Lorenzo al mando, lo turbio de aquel pasado remoto quedaría atenuado.

—¿Por qué no me cuentas algo de ti que no sepa?

—Algo de mí que no sepas… Pero si me has inventado tú.

—Venga, Linda. Cualquier anécdota.

—A ver… ¿Te he contado alguna vez por qué llamé a mi hija Silvia? —preguntó.

Lorenzo negó con la cabeza.

—Mi madre, la señora Ilaria, me dijo con su acostumbrado desprecio que me había llamado Rita porque tenía las mismas vocales que su nombre, pero que me quitó una *a* y una *i* porque no me las merecía. Yo tenía ocho años y le pregunté muchas veces qué podía hacer para conseguirlas. Cuando indagué más siendo adulta, dijo no guardar recuerdo de aquello. «Qué absurdo, por qué te iba a decir esa tontería». «No lo sé, Ilaria, me lo dijo usted cuando era una niña, pero no me dio un motivo». —Linda miró a Lorenzo—: Nunca me dejó llamarla madre o mamá, aunque tampoco eso lo admitió: «Fuiste tú la que empezó a llamarme Ilaria, siempre tan rarita». Crecí sin entender los abusos que me rodearon —siguió Linda—, pero aquellas vocales que me quitó mi madre fueron una pequeña crueldad que enseguida viví como innecesaria. Cuando nació mi hija le puse Silvia para darle una *i* de más, y se lo dije: «¿Sabes por qué te llamas Silvia, cariño? Porque quería que tuvieras mis vocales, la *a* y la *i*, y te quería dar una *i* extra, una *i* especial». Tendría unos seis años y recuerdo que corrió a abrazarme: «¡Gracias, mamá! ¿Cuál me diste? ¿La primera o la segunda?». «La primera, mi vida, la que más silba de las dos».

Lorenzo recordó a la niña que había sido Silvia, y la imaginó corriendo hacia Linda con aquella mezcla de embeleso y desconcierto que siempre provocó en ella su madre. Sabía que, al haberla mencionado, tenía solo unos segundos para evitar que Linda se sumiese en el abismo de su ausencia, un mar de preguntas sin respuesta: dónde estaba su hija, cómo se encontraba, si volvería a verla. Todo podía ser ligero a esas alturas, la brisa de Capri, el azul del verano, la invención del pasado, podía ser ligera incluso la vejez, con su amenaza y su ocaso inminente. Todo menos Silvia y aquella distancia que quizá era abandono o solo huida, o tal vez olvido. Su Silvia con la *i* silbante, el bebé más tierno, el que cambió su cuerpo y su vida para siempre. Hacía un par de meses había cumplido cuarenta años, y seguramente se habrían transformado todas las células de la criatura que una vez había mecido en esa misma terraza. Pero en algún recodo de la mujer adulta tenían que existir aún rastros del bebé que no dormía si no estaba en brazos de su madre, que le sonreía por las mañanas con toda la cara, que le agarraba el dedo con fuerza, aunque con el tiempo las hubieran separado palabras envenenadas y hoy Linda no supiera qué veía su hija al asomarse a la ventana o al mirarse en el espejo.

—¿Cuándo empezaste a usar el nombre artístico de Linda Rams? —preguntó Lorenzo, consciente de que eso desviaría la conversación.

—¡No es un nombre artístico! Es mi nombre de verdad. ¿No lo sabías? Me lo cambié en el registro de Palma de Mallorca, antes de venirme a Italia. Tenía que dejar de ser Rita Ramírez Velasco, pero ya ves que tampoco me alejé tanto, porque mantuve las vocales que me dio mi madre, y no me puse ninguna extra.

Dijo esto según se incorporaba y Lorenzo, a sabiendas de que continuaría hablando, le sostuvo la mirada.

—¿Sabes lo que me gustaría, Loren? —preguntó—. Haberme sacudido la infancia como un perro se quita el agua del cuerpo. Plas, plas, plas —dijo contoneándose—. Aunque estén empapados, se libran del peso enseguida, y solo les quedan gotitas en el pelaje. Yo quisiera que esos años se hubieran mantenido ahí, en la superficie de la piel.

Linda lo vio tomando notas y alzó la mano.

—No se te ocurra escribir nada de esto; te lo estaba contando solo a ti.

—Pero ¿para qué estoy escribiendo tu biografía si no?

—No lo sé. Casi todo lo que has escrito sobre mí eran invenciones tuyas.

—Pero esta vez es distinto.

—¿Porque ya no habrá más oportunidades? ¿Tan vieja estoy?

—No. El viejo soy yo. ¿No has visto qué tripa? Yo, que era un saco de huesos, ¿te acuerdas? —Se dio unas palmadas en la panza—. Pensé que esta vez contaríamos historias verdaderas —dijo cambiando el tono—. Tus admiradores querrán entender tu vida, y para eso hay que remontarse.

—¡Pero nadie va a entender nada, Loren! No se pueden contar los hechos del pasado. ¿Dónde están? ¿Quién dice que fue así? ¿No ves que todo son sombras? Solo podemos novelar el recuerdo —dijo con un suspiro—. Y quedarnos con eso.

Lorenzo guardó silencio; él había operado mucho tiempo bajo esa lógica, y seguramente ese fue uno de los impulsos que los unió, además de ser también medio español, y algún otro lazo intangible.

—Escucha, Loren —volvió a decir—. Si yo escribiera mi autobiografía, quizá hablaría de mi infancia.

—Pero no lo vas a hacer.

—No. Ya he cargado suficiente tiempo con el lastre de esos años como para ponerme a contarlos ahora.

—Dime entonces qué quieres que escriba.

—Me da igual lo que escribas, pero no quiero que hables de Madrid —lo dijo con tono tajante, y Lorenzo dejó estar el tema.

A lo largo de los años habían salido a la luz varias exclusivas con personas de su pasado. La prensa amarilla no tardó en entender que por pequeñas sumas de dinero el entorno familiar de Linda ofrecería lo que más se cotizaba: la llamarían puta en repetidas ocasiones, enseñarían los rincones del barrio donde los hombres se amontonaban para estar con ella, los hermanos malcarados escupiendo al suelo, la mano por la entrepierna, las vecinas en bata. Todos eran diamantes en bruto para el sensacionalismo; ay, qué disgustos le dio a su pobre madre, la Rita siempre se creyó mejor que las demás, porque era guapa y lista, pero era una puta y una egoísta que abandonó a su madre y dejó morir a su padre, se fue a buscar otros hombres porque los de aquí no le valían, ahí se pudra con su dinero y su hija bastarda.

El publicista de Linda le instó a responder en varias ocasiones, pero ella se negó a pronunciar palabra en público.

Sus años en Madrid eran como una de esas cajas de zapatos viejas donde los niños guardan gusanos y los pequeños insectos de los que se alimentan. Linda intuyó que, si la dejaba cerrada el tiempo suficiente, acabarían por morir todos, tanto los depredadores como los minúsculos seres que les servían de sustento. Pero que, si la abría, sería imposible controlar dónde acabarían unos y otros, dado que todos estaban vivos y deseando escaparse de las cuatro paredes de cartón que los separaban del mundo.

—¿Qué te parece si salimos un rato? —preguntó Linda.

—Me parece que estás intentando escaquearte de hablar.

—Desde luego. No vamos a convertir la *suite* Linda Rams en escenario de palabras atormentadas.

—Pero no todo han sido tormentos.

—No, pero las vidas se viven, Loren. Están para eso. Me resisto a tener cada vez más cosas de las que hablar y menos por hacer. Hablaremos. Aunque también quiero que hagamos algo.

—¿Qué quieres hacer?

—Me gustaría encontrar la manera de subir a la cima del faraglione di Fuori —dijo señalando al *faraglione* más alto, el más alejado de la isla—. Sería un vuelo muy corto en helicóptero. Me encantaría ver esos lagartos azules que se esconden en la cumbre. Tantos años viniendo aquí, codeándome con los seres más estrafalarios de Capri, ¡y aún no he visto al lagarto azul! ¿Crees que todavía quedará alguno? Llevarán toda la vida observándonos desde ahí arriba.

Lorenzo dejó escapar una carcajada, negando con la cabeza. Porque quienes conocían bien a Linda sabían que sus verdaderos deseos eran más propios de un explorador que de una diva del cine. Aunque durante un tiempo, como a las heroínas más célebres, le aterró que la devorara la mundanidad y, para evitarla, se rodeó de seres excéntricos que llenaron infinidad de veladas opulentas en la isla. También él había sido un asiduo de aquellas fiestas en el Punta Tragara, noches desbordantes en las que rozaban la eternidad y soñaban con contagiársela al mundo, la inmortalidad como epidemia.

—No tienes arreglo —dijo Lorenzo girándose hacia el mar. Conociéndola, sabía que solo era cuestión de tiempo, que pronto estarían desembarcando en la cumbre del peñón en busca de aquellos reptiles esquivos.

Rita Ramírez Velasco nació en Madrid, en el barrio de Ventas, un 2 de diciembre de 1920. El desapego y la malquerencia de su familia la empujaron a alejarse de aquella casa donde convivían la enfermedad de su padre, conejos, gallinas, sus hermanos y la señora Ilaria, su madre. «Quizá éramos demasiadas bestias bajo un mismo techo», diría ella tratando de explicarse lo inexplicable años más tarde.

Su hermana mayor se casó muy joven y apenas pasaba por la casa familiar; sus tres hermanos eran camioneros («transportistas», decían las revistas que trataban de edulcorar su infancia) y, por suerte, su ocupación los obligaba a pasar largas temporadas fuera.

Linda concedió cientos de entrevistas a lo largo de su carrera y, siempre que salía el tema de su infancia, hablaba como si su vida empezara a mitad de los años cuarenta. «Ni falta que hace», decía cuando le señalaban que sus admiradores no sabían nada sobre sus primeros años.

Se fue a Mallorca el verano de 1945, sin haber cumplido aún los veinticinco, con la promesa de un trabajo como camarera de habitaciones en el hotel Formentor. Fue necesaria la autorización de su padre para que viajara sola hasta las islas, y ya no volvió a verlo. Debido a la enfermedad que lo aquejó siempre, Rita nunca supo cuán consciente fue de lo que ocurría en ese instante, si firmó a sabiendas de que le estaba concediendo la oportunidad de salir del agujero que eran la familia y la vida que le habían tocado.

En el Formentor acabó desempeñando las labores de gobernanta de lavandería cuando el director del hotel, el señor Serra, vio que tenía don de gentes. Casi dos años después de contratarla, se topó con ella por los pasillos. Nunca la había visto con el pelo suelto; en 1947 no era frecuente que las mujeres llevaran el cabello así en su puesto de trabajo, ni desde luego mojado, como ocurrió esa tarde en la que Rita cruzó el pasillo desde las duchas hasta su habitación.

Poco después de ese encuentro, el director la invitó a comer. Rita habría ido de buena gana, y salió de su habitación con intención de sentarse a la mesa con aquel hombre de semblante serio pero afable. Ella intuía el interés que había suscitado en él cuando la entrevistó a su llegada, y aquella invitación dos años más tarde le dio a entender que quizá ese hombre podría ser un salvavidas, pero en singular: salvaría una sola vida, la suya, alejándola para siempre del agujero al que la precariedad podría volver a empujarla.

Pero para comer con el señor Serra, ella tendría que haber sido otra. Rita Ramírez Velasco no había conseguido estar a pocos metros de ningún hombre sin que le subiera por el esófago una bola ardiente que terminaba con un sobresalto a la altura del pecho. Todas las empleadas de lavandería y camareras de habitaciones eran mujeres, y con los clientes, jefes de cocina y jardineros siempre le era posible mantener una distancia.

En el pasillo exterior, de camino a la terraza del restaurante, empezó a sentir cómo le subía la ola de calor y, sin pensar, se desvió y giró a la izquierda, tomando el sendero que conducía hasta el jardín y terminaba en la playa.

Mientras fue Rita, muchas veces se maldijo por no haber sido otra niña, una a la que le hubiera tocado una vida distinta. Ese día también renegó de sí misma, y se preguntó si sería ella quien pusiera obstáculos a su yo futuro: Rita haciéndole zancadillas a Rita.

Cuando salió del hotel, tomó aire y se giró para ver el edificio desde fuera. Serra podría haber sido su flotador, pero seguramente cada mundo tenía sus pozos negros, y supuso que, aunque ese director de hotel la habría alejado de los que ella había conocido, quizá con el tiempo la hubiera acercado a otros.

Como él era un hombre tímido y cauto, nunca recriminó a Rita el plantón que le dio en el restaurante de su propio hotel, ni tampoco volvió a importunarla con futuras invitaciones o un trato displicente. Si hubiera hecho de tripas corazón o se hubiera tomado un tranquilizante para comer con él, quizá habría acabado casándose con quien, años más tarde, montó un imperio hotelero y fue moderadamente rico y razonablemente feliz con una mujer mallorquina llamada Juanita, a la que conoció poco después.

Aunque también podría haberse ahogado en el mar, como Macarena, una de las chicas que trabajaba en la lavandería antes de que Rita llegara. Al igual que ella, la joven era de Madrid y tampoco sabía nadar. Rita nunca la conoció, pero las demás compañeras a menudo hablaban de su muerte. Pobre Maca, llegó a Mallorca buscando una salida y sucumbió a manos de una corriente inesperada. Es que bañarse en las rocas es siempre un riesgo, y las aguas del Cap de Formentor son traicioneras.

Después de escuchar la historia de Maca, Rita asumió que la habían contratado para sustituir a esa chica que murió en el agua. Es probable que le debiera algo a aquella joven a la que no llegó a conocer, quizá su vida, pues la historia de su final le metió el miedo en el cuerpo, y ya nunca se atrevió a nadar mar adentro.

Esos podrían haber sido algunos de sus destinos: el de la señora de Serra, o el de Macarena, y también todos los que evitó en Ventas, o cualquiera de los que existen en lo abstracto del porvenir, que son todos y ninguno, porque el destino es solo una artimaña para encontrarle sentido a lo que nos ocurre.

A menudo el origen de las historias queda desdibujado: cuándo tuvo lugar el detonante, cuál fue el instante que hizo posible todo lo demás. Pero en esta no, porque en la calita cercana al hotel conoció al joven director de cine Alvise Colonna, y ese fue el encuentro que puso en marcha todo lo demás.

Colonna estaba pasando unas vacaciones en el hotel y había bajado a darse un baño antes del almuerzo. Aunque parte de su familia venía de Roma, él era veneciano, luego sí sabía nadar. Era un hombre de poca estatura, con gafas redondas y aire de bibliotecario más que de cineasta. Vio a Rita dar extrañas brazadas laterales muy cerca de la orilla mientras él nadaba en el mar. No le dijo nada desde el agua, porque esas no eran formas de acercarse a una dama, y porque él no daba apenas ningún paso importante sin antes consultarlo con su esposa, Marcella Marioni, que lo esperaba en la orilla.

Marcella era una bella y corpulenta mujer de la burguesía milanesa; tenía la expresión despierta de quien a menudo anticipa sorpresas, y siempre lucía una cuidada melena de color castaño que le caía por encima del hombro. Como casi todos los días de verano, llevaba un vestido amplio, una gran pamela de paja y las joyas de su madre. Cuando su esposo salió del agua, se sentó junto a ella y señaló a Rita.

—¿Te has fijado en esa mujer? Me ha llamado la atención desde el mar.

No sabía por qué, dijo. Había pasado varias semanas haciendo pruebas a distintas actrices y no daba con ninguna que lo convenciera, pero tampoco era capaz de encontrar el motivo de su falta de interés por quienes se presentaban ante él. Y así, se veía frente al común dilema de no saber lo que se busca, pero tener la certeza de que no es lo que uno tiene delante.

—¿Y qué tiene de especial la mujer de la orilla? —preguntó Marcella.

Si hubiera venido de otra persona, la pregunta podría haber sonado socarrona, o al menos retórica. Rita era más que un cuerpo hermoso y una mujer magnética, más que alguien en quien todos los ojos se posaban. Era todo eso, y la combinación no dejaba indiferente a casi nadie. Pero, además, había en ella cualidades intangibles; la sospecha de que poseía el secreto de algo en apariencia sencillo pero anhelado por muchos. Seguramente todo tenía una explicación científica, es probable que le hubiera tocado más oxitocina de lo normal, el doble de endorfinas, un extra de dopamina, la sopa genética de los bienaventurados.

Por eso, cuando Marcella le preguntó a su marido qué tenía de especial la mujer de la orilla, podría haberlo hecho celosa de saber que Alvise veía lo que Rita desprendía. Pero en ella no hervían la suspicacia ni el recelo; era una mujer magnánima que acogería a muchas actrices bellas, casi hipnóticas, y especialmente a la que pronto se convertiría en su amiga del alma.

—No sé qué tiene, pero la he visto moverse y reír, tragar agua y tropezarse, y me he dado cuenta de que es ella la actriz que busco. Supongo que no será actriz, pero ya sabes que eso se aprende con algo de imaginación.

En las calas mallorquinas de 1947 no mediaban entre un joven director y una potencial actriz representantes ni directores de *casting*, así que Marcella se acercó a la orilla con su enorme sombrero de paja para presentarse e invitarla a sentarse con ellos. Cuando levantó la mano que sujetaba la pamela para tendérsela a Rita, aquella voló, y ambas corrieron a recogerla entre risas. Siempre recordarían ese momento, que parecía escrito para una comedia romántica, pero que fue real y dio inicio a la amistad que marcó sus vidas.

Colonna fue muchas cosas para quien casi era ya Linda Rams. De cara al mundo, fue el director que la descubrió, al que debía su exitosa carrera. Pero, para ella, Alvise siempre fue el primer hombre cuya condición masculina consiguió olvidar. Aunque lo fuera, Rita no lo sentía como tal cuando trataba con él, y eso no le había ocurrido antes; en presencia de cualquier varón nunca había podido ignorar que se trataba de cromosomas XY y no XX. Que, aun cuando estaban sobrios, esos XY podían ponerse violentos, que incluso cansados podían enfurecer, que hasta heridos podían sacar fuerza de algún lugar recóndito y usarla. Ella lo había vivido con sus hermanos, con otros camioneros que paraban en su casa, con los vecinos…

Solamente su padre, postrado en cama y consumido por la enfermedad, había mostrado signos de pertenecer a otra clase de hombre. Pero Rita siempre temió que aquello fuera fruto de la debilidad y que, de recuperar la salud, podría unirse al resto. Nunca llegó a descubrirlo, porque murió cuando ella ya vivía en Mallorca. Lloró mucho en su cama el día que le dieron la noticia, pero no volvió a Madrid para el entierro.

Por eso, aunque Alvise Colonna la lanzó a la fama con el personaje de Gloria en el legendario filme *Zuccari*, Linda siempre sintió que había tenido un rol más insondable e íntimo en su vida.

Hay existencias inciertas que nos aguardan detrás de todo lo que no llega a darse. Aquel fortuito encuentro en la playa de Formentor fue fruto de lo que Rita no hizo, de lo que no fue capaz de hacer, así lo recordó ella siempre.

Y como no fue lo que podría haber sido, acabó siéndolo todo.

—Linda, ahora que la luna ya tiene su brillo nocturno, ¿hablamos de *Zuccari* y de lo que ocurrió en 1951?

Lorenzo siempre pensó que a plena luz del día no se podía destapar lo que lleva sepultado mucho tiempo; sentía debilidad por esa hora a la que empieza a oscurecerse el cielo y era entonces cuando más le gustaba desenterrar las historias del pasado.

—Mira que eres peliculero, Loren. Su brillo nocturno… —dijo—. ¿Qué quieres que te cuente? *Zuccari* se estrenó en el 51 y fue el acontecimiento que más me cambió la vida —respondió—. ¡Más incluso que tener a Silvia! Pero no vayas a escribir eso, que ya se me ha tachado bastante de mala madre.

Lorenzo adivinó el gusto amargo en la boca de Linda, que cerró los ojos durante un instante. No era cierto que el estreno de *Zuccari* le hubiera cambiado la vida más que el nacimiento de Silvia. Nada supuso un vuelco tan profundo como la primera vez que cogió a su bebé en brazos. Porque entonces se bajó del mundo y de la rueda que no para, y no importaron las sombras del pasado ni sus miedos, sino solo esa nueva vida a la que podía pasar horas mirando. Pero Linda cargaba con la ausencia de Silvia como se carga con las losas que más pesan: a medio camino entre el silencio y el fingimiento. A menudo evitaba mencionar a su hija y, cuando lo hacía, adoptaba el tono de quien se conforma con su mala dicha.

Lorenzo apretó el brazo de su amiga.

—*Zuccari*, 1951 —dijo bajito, para animarla a continuar.

—Sí. Hubo un antes y un después, ya lo sabes… Mientras rodábamos la película no podíamos imaginar todo lo que vendría más adelante. Luego llegó el estreno y fue el principio de la vorágine. Aquello no podía estarle pasando a la gobernanta del hotel Formentor, y menos aún a la chica de Ventas. Suerte que todavía estaba estrenándome como Linda Rams y podía fingir ser otra.

—¿Qué pasó después del *boom* inicial? —preguntó Lorenzo como si estuviera escuchando la historia por primera vez.

—Supongo que para entonces ya me había crecido otra piel. Eso lo puedes escribir tal cual —dijo—. Al final, *ser* no es más que *seguir siendo*, y para eso hay que transformarse. No me digas que te has olvidado. —Ambos cerraron los puños a la altura del pecho, girándolos hacia fuera, imitando el gesto de estar rompiendo algo.

—*Tutto ciò che non è flessibile si rompe* —dijo Lorenzo con un guiño.

«Todo lo que no es flexible se rompe». La frase venía de *Zuccari*. Se la decía el personaje de Gloria al historiador inglés que llega a Roma para examinar la obra del pintor manierista Federico Zuccari. En la famosa escena, al principio de la película, aparecen los dos en uno de sus primeros encuentros, preparando un almuerzo a base de pasta en el apartamento de Gloria; ella le insiste en que hay que tratar los espaguetis con sumo cuidado antes de hervirlos, pues son muy delicados mientras están crudos. Una vez hervidos, en cambio, ya no es tan fácil que se rompan, le explica. El chico, que quizá finge no entender para que la joven continúe prestándole atención, dice que no comprende que un material blando resista más que uno duro. Para mostrárselo, ella se levanta del sofá donde están recostados y se acerca a la despensa con el pelo revuelto. Mirándolo desde su nueva posición de altura, saca un puñado de espaguetis de un tarro y los rompe en dos según se acerca a la cámara.

Gloria llevaba una blusa de un blanco impoluto ceñida a la cintura, y tanto esa prenda como el pantalón de tiro alto que vestía pasaron a la historia del cine como el atuendo femenino más deseado.

Que una escena en la que se juega con pasta cruda estuviera tan cargada de erotismo fue algo inesperado. Nada en ella era intrínsecamente sensual, pero gracias a la presencia de Linda Rams y a la mirada de aquel actor inglés, el gesto de partir un puñado de espaguetis en dos (y su consecuente chasquido) trascendió fronteras y se convirtió en símbolo del deseo sexual.

Hubo varias adaptaciones posteriores, pero *Zuccari*, la original, es una suerte de fábula interior, estremecedora y recóndita, como la serpiente que vive escondida y sale a nuestro paso. Un año antes se había estrenado *Stromboli*, de Roberto Rossellini; ambas eran películas en las que se acompañaba al espectador hasta el quicio de la historia, y luego se le soltaba para que flotase dentro de la mente de Ingrid Bergman y Linda Rams, en lugares impredecibles, entre erupciones volcánicas y monstruos de piedra.

Lorenzo se pasó la mano por el pelo y fijó la mirada en sus apuntes, haciendo un intento por recuperar el hilo. Pero su hilo de continuidad siempre fue Linda, así que, en el fondo, mientras estuviera a su lado, no había pérdida. La lealtad que sintió hacia ella desde aquella primera entrevista había sido seguramente la emoción más constante en su existencia. Tal vez fuera también uno de los principales ingredientes de esa fórmula escurridiza que termina con las parejas. En esos primeros años, el reportero acababa de formar una familia, y Linda lo animaba a evitar viajes y jornadas interminables. «Quédate con tu mujer, Loren, escribe lo que quieras, que al final es lo que haces siempre, el niño es pequeño, estás siempre fuera de casa y ella te echará en falta».

Pero Lorenzo se alejaba porque su casa lo asfixiaba, porque todos los días eran, por un lado, idénticos los unos a los otros y, por otro, peores que el anterior. Le costaba manejarse con el crío, que nació también en 1951, como *Zuccari*. Su creciente ineptitud era propia del que apenas está presente, de quien va perdiendo el derecho a cambiar las rutinas que establece la otra persona. Otra persona que cada vez es más fría, que cada día está más harta de convivir con un hombre cuya felicidad depende de un mundo de ficción que observa desde fuera.

Él nunca quiso tener hijos, ¿no lo habían hablado ya? Ella dijo estar de acuerdo y le aseguró que conocía las maniobras para evitar un embarazo. Qué poco sabían los hombres como Lorenzo, qué suerte no saber. Pero cuando supo que había un niño en camino, qué otra cosa iba a hacer sino casarse con la madre de su hijo.

Con el paso del tiempo es fácil construir un relato, pero mientras los hechos transcurren solo hay días que se suceden, traspiés, ausencias, un amigo de la infancia que visita a menudo a su mujer, que ayuda con el niño, que sabe dormirlo, que un día ya no sale de casa.

Y como el divorcio en Italia se había legalizado para casos en que existiera traición por parte de la mujer, pudieron separarse.

Que su profesión y su devoción por Linda le habían costado el matrimonio a Lorenzo es un relato. Que su mujer nunca le mostró ningún afecto y se quedó embarazada de quien acabó siendo su segundo marido mientras seguía casada con él es otro. Que a veces es mejor no alargar lo que no tiene vuelta atrás es también una verdad sobre lo ocurrido aquellos años.

En cualquiera de las versiones, Lorenzo estaba obnubilado por la magia del cine. Vivió inmerso en el mundo de Linda, observando cómo el agua empezaba a hervir, convencido de que ante él se estaba escribiendo la historia del cine. Y cómo apartar la vista del cazo donde bullía la acción.

Con Roma como escenario de fondo, *Zuccari* cuenta la historia de Gloria, una restauradora de cuadros antiguos que trabaja como asistente de un experto en la obra de Federico Zuccari, el pintor y arquitecto del siglo XVI.

Tras la escena con la pasta cruda, el público tiene la impresión de estar ante una incipiente historia de amor entre los protagonistas, pero después de visitar juntos el Palazzetto Zuccari, Gloria comienza a sentir una extraña fascinación por las bocas de ogros que decoran la fachada del edificio y, muy pronto, lo que la rodea empieza a tergiversarse. Las imágenes monstruosas se le aparecen en los frescos que restaura, en los grifos del cuarto de baño, cada vez más vivas; los pomos de las puertas cobran forma de fieras, las ventanas se convierten en marcos propios de un bestiario. Como siempre está sola cuando la realidad se le retuerce, ni ella ni la audiencia pueden contrastarla con nadie, y ahí radica la agonía, en no saber si se trata de verdaderas apariciones o de alucinaciones padecidas por la mente de la protagonista.

Hacia el final de la película, Gloria y el historiador inglés salen a pasar un día en el campo, en las afueras de Roma. Linda y el resto del equipo rodaron esas tomas en el Sacro Bosco de Bomarzo, el parque de los monstruos, donde se encuentran las desconcertantes esculturas de Pirro Ligorio. Él fue también el artífice de los orcos del Palazzetto Zuccari, que son el principio de la obsesión de Gloria. Así que ella se sumerge sin quererlo entre los entes que la persiguen, y la excursión no tarda en convertirse en una pesadilla lúcida. Mientras las bocas de los engendros salen a su paso y parecen succionarla y escupirla a su antojo, una Gloria desorientada y cada vez más débil hace lo posible por librarse de unos y otros, sorteándolos en un frondoso bosque por el que corre desesperada, con las uñas mordidas, las manos empapadas de una sangre que, cuanto más trata de lavarla, más mana.

Aunque la premisa más evidente es que todo responde a algún trastorno en la mente de Gloria, Colonna consiguió que el espectador se sumiese en la misma confusión que ella, de modo que no se podía descartar que aquellos monstruos fueran *reales*, si la realidad consistiera en una fantasía retorcida, justo lo que es *Zuccari*. Y como la ambigüedad no se rompe en ninguna dirección, la historia se convierte en una fábula siniestra protagonizada por la angustia que se va apoderando de Gloria.

Alvise Colonna pasó a la historia como un director de cine con especial sensibilidad para representar distintos estados mentales, con matices y tonos que no eran habituales entonces, plantando la semilla de la duda acerca de lo que presenciaban sus personajes. ¿Qué estaban viendo realmente? A través de esa pregunta indirecta, colocaba al público en el incómodo espacio donde analizar su propia mirada. Siempre cabía la posibilidad de que la protagonista estuviera viviendo todo aquello, de que los trastornados fuéramos nosotros, los espectadores, por dudar de lo que ocurría y de lo que veían nuestros ojos.

Con el tiempo, su cine fue versionado en numerosas ocasiones, y se empezó a hablar de la colonnamanía, especialmente durante la década de los setenta, cuando se recuperó la película con tanto furor a raíz de los ensayos de John Berger sobre los modos de ver y el efecto de la mirada sobre la realidad.

La vida nunca es más paradójica que cuando imita a sus representaciones, y *Zuccari* se convirtió en una perversa premonición; los ojos clavados en ella, la sangre que mana de su cuerpo, el encierro en sí misma. Sin saberlo, sin poder adivinarlo, el personaje de Gloria ensayaba ante las cámaras lo que también le aguardaba a Linda en la vida real.

—¿Te acuerdas de las demás esculturas del parque? No solo había orcos —dijo de repente—. Estaba también aquella casa inclinada… Parecía un simple edificio construido con un desnivel en el suelo, pero, al entrar, algo te desestabilizaba hasta la náusea. Antes de rodar las tomas más inquietantes, entraba en esa casa y me quedaba allí unos minutos, porque el desequilibrio y el malestar me ayudaban a sentir la desorientación de Gloria.

Como Linda se había trasladado a la intensidad de aquel lejano pasado, quizá no reparó en que Lorenzo y ella no se conocían en 1950, durante el rodaje, aunque sí volvieron juntos al parque de los monstruos tiempo después, cuando algunas de las profecías de la película ya habían empezado a cumplirse.

Solo la toma en que Gloria parte el puñado de pasta en dos alcanzó en popularidad al final de *Zuccari*, cuando parece que la boca más monstruosa de todas la engulle para siempre, terminando al fin con su agonía.

La escena mantiene a los espectadores en vilo, pero, pasados unos segundos, Gloria vuelve a aparecer en pantalla. Era el típico engaño colonniano: hacernos creer que estamos ante el último coletazo para enseguida revelar que el pulso aún no se ha detenido. Entonces vemos a la protagonista solo unos segundos: sentada a la mesa, en un comedor que no puede ser sino el interior de ese orco, con las manos impregnadas de sangre y el gesto desencajado. En ese momento la cámara se aleja y enfoca la inscripción grabada en el exterior de la monstruosa boca.

—*Ogni pensiero vola* —dijo Linda al recordar aquella imagen—. Es una frase extraña para ese instante: todo pensamiento es fugitivo. Está diciendo que todo pasa, que el presente no lo es todo, pero eso, en el instante de la muerte, si es que Gloria ha muerto, es una idea retorcida, porque ¿no es ese el momento de aferrarse al poco presente que nos queda?

Lorenzo ansiaba escuchar más sobre esa época que no vivió con ella, pero solía arrepentirse cuando la veía descender hacia la vulnerabilidad a la que la conducía el recuerdo.

—Si tuvieras que afirmar algo sobre Alvise como director de cine, ¿qué dirías de él? Solo una cosa —preguntó repentinamente.

—Diría que era igual que como persona: alguien con una capacidad infinita para el regocijo. Vivía sus películas como un juego al que quería que jugáramos todos, lo cual no quiere decir que no se las tomara en serio. Solo Marcella era para él más importante que su cine, pero, aun así, nunca perdía la ligereza.

—Aunque también tenía fama de ser muy exigente.

—¡Sí! Un genio que hacía malabares con cualidades opuestas.

Era cierto, Alvise siempre necesitó un elemento lúdico, pero de la mano de una dirección extremadamente calculada. No era un modelo que funcionara para todos; muchos actores sentían que les daba una de cal y otra de arena, porque su manera de ser y de trabajar eran casi lo mismo.

—Tenía tanto entusiasmo como talento —recordó Linda con tristeza—, y además un sentido del humor maravilloso. Lo echo en falta todo.

—Cuéntame cómo eran los lunes de rodaje —pidió Lorenzo para arrastrarla hasta un recuerdo feliz.

—¡Alegría pura, ya lo sabes! Empezábamos bailando una canción y, con esa melodía, acabábamos también la semana. ¿Te acuerdas?

—Me acuerdo de habértelo escuchado, pero nunca lo presencié. ¿Bailabais todos?

—¡Sí! Los cámaras, los asistentes, los maquilladores, los actores… ¡Y Alvise también! Era una manera de dejar atrás lo que cada uno traía consigo y empezar algo juntos, sintiendo lo mismo, una manera divertida de hacerlo. He estado en rodajes donde nos pedían entrar descalzos, visualizar nuestro centro de energía, exhalar lentamente, qué sé yo… —dijo levantando los brazos—. El mundo ha cambiado mucho, Loren. Será que soy una antigua, o una paleta de Ventas, pero yo no sé dónde está mi centro de energía, y me gusta más bailar que respirar.

—¿Recuerdas la primera canción que bailasteis?

—Recuerdo que en el rodaje de *Zuccari* a menudo poníamos *In the Mood*, de Glenn Miller y *Sing, Sing, Sing*, de Benny

Goodman. Como la película, esas canciones también jugaban a crear la ilusión de que, en un momento dado, había llegado el final. Pero tras el engaño se abría un pasadizo oculto por el que continuar, porque la música reaparecía después del silencio y la melodía aún se alargaba unos minutos más. Era el momento de las grandes bandas de *swing*, aunque ninguno sabíamos bailarlo bien. ¿Te lo imaginas? Parecíamos niños desinhibidos que se desternillaban.

—No. Lo intento, pero me cuesta ver a Alvise Colonna bailando *swing*, con aquella gorra de director serio que llevaba y sus gafitas redondas.

Linda esbozó una sonrisa triste y se hizo un silencio. Tanto él como Marcella habían fallecido hacía algo más de un año, con solo seis meses de diferencia. La última en irse había sido ella y, de los seis meses que existió en el mundo sin su Alvise, cinco los pasó conviviendo con Linda, que, tras ver el estado de su amiga después de las primeras semanas, decidió mudarse a su casa.

—¿Y Gloria? —preguntó Lorenzo—. ¿Cómo describirías lo que fue para ti ese personaje? Aunque yo tenga mis sospechas, querría escucharlo de tu boca.

—Ahora me cuesta recordar cómo era yo antes y qué me dio ella. Gloria vive rodeada de bestias esperpénticas y, a través de ese personaje, volví a ser una joven aterrada, o a hacer de ella, más bien. No es lo mismo, pero al representarla vi cómo se acrecentaba su miedo cuando nadie a su alrededor lo entendía. Es el trastorno de la soledad profunda; lo que a ella la consume por dentro es algo que no comparte con ningún otro ser humano. Ese es el verdadero infierno. —Alzó una mano y respiró hondo—. No escribas nada de esto, Loren. No quiero que tracen la línea de siempre: Madrid, el horror de mi casa, pobre Linda Rams, la mona que se viste de seda, que lleva toda una vida ocultando a Rita.

Lorenzo no dijo nada y ella siguió:

—No sé si hay manera de entender a nuestro yo pasado cuando se convierte en recuerdo, pero al fingir ser Gloria vi a mi yo infantil desde fuera, como si ya no fuera yo, y de hecho no lo era. Era Linda Rams y, gracias a mi personaje más célebre, me atreví a mirar a la cara a la pequeña Rita, a acariciarle el pelo desde el futuro y susurrarle que la iba a sacar del infierno.

Únicamente la ausencia de Silvia era capaz de ensombrecerla más que el recuerdo de su infancia en Madrid. Como su amistad se remontaba en el tiempo, los dos conocían la dinámica de aquellos momentos. Lorenzo sabía que debía esperar en silencio a que la intensidad pasara, pues solo ella podía ponerle fin.

—Cambia esa cara, cordero, que también gané mi primer Oscar y me hice rica.

Roto el hechizo, ambos rieron y él apretó fuerte la mano de su amiga mientras pensaba en una pregunta liviana.

—Hablando de canciones y de baile, no hemos comentado aquel musical de finales de los ochenta que se basó en la película.

—*¡Gloria, the Musical!* ¡Sí! Me gustó que no lo convirtieran en una historia dulzona; dieron buen uso a *Gloria*, la canción de Umberto Tozzi que sonaba durante las escenas más inquietantes.

—Esa canción de Tozzi siempre ha estado asociada a ti y a tu personaje. Yo la escucho y te veo partiendo espaguetis.

—Tú y muchos, aunque en realidad llegó veintiocho años después de la película. Tozzi no había nacido cuando se estrenó *Zuccari*, pero hay eventos que acaban hermanados y, en esa unión, tienden a comprimir el tiempo que los separa. Aunque faltaba mucho para que él compusiera la canción, cuando lo hizo, su *Gloria* y mi Gloria ya siempre caminaron juntas.

—¿Crees que él se inspiró en tu personaje para escribirla?

—Eso tendrás que preguntárselo a él —dijo con un guiño.

—¡No dudes que lo haré! Pero, dime, ¿por qué no quisiste sumergirte en el mundo que creaste? ¿No te picó la curiosidad?

Linda sacudió la cabeza.

—No sé cómo nunca has hecho alguno de los *tours* de «La Roma de *Zuccari*», ¡podrías haber ido disfrazada! —continuó—. ¡Y ni siquiera fuiste a ver aquel diálogo teatral en que una actriz hacía de Linda Rams y otra de Gloria!

—¡Claro que no, Loren! Demasiadas capas. Conviene no adentrarse en esa cebolla infinita de la ficción, que luego hay que encontrar el camino de vuelta a casa. —Y como lo vio anotar, se asomó al cuaderno de su amigo—. Eso, eso, apunta lo de la cebolla, que lo he dicho sabiendo que te gustaría. Tú sí que hiciste uno de esos paseos por Roma, ¿no?

Lorenzo asintió con ganas.

—¡Sí! Empezaba en Via Gregoriana y, al final, la guía puso *Gloria* de Tozzi, nos dio un puñado de espaguetis a cada uno y nos hizo una foto partiéndolos frente al Palazzetto Zuccari, en la entrada lateral, como si estuviéramos dentro de la boca del orco.

Linda negó con la cabeza.

—Solo a ti se te ocurre…

Hubiera sido difícil adivinar la larga vida de *Zuccari*. Aunque, dos años después, en *Roman Holiday*, William Wyler vistió a Audrey Hepburn haciendo un tributo al atuendo de Gloria. La misma camisa y, en lugar del pantalón de tiro alto, una falda con el mismo corte. Luego le colocó el pañuelito al cuello, más recatada que Linda Rams, pero todos pensaron en ella al ver a Hepburn.

Los amigos se pusieron en pie, dando por terminado el encuentro, aunque Lorenzo siempre trataba de estirar el tiempo.

—¿Te acuerdas de la letra de la canción de Laura Branigan? ¿La *Gloria* en inglés de los ochenta? —preguntó antes de empezar a cantar—. «*Are the voices in your head calling, Gloria? Gloria, don't you think you're fallin'? If everybody wants you, why isn't anybody callin'?*».

Linda no dijo nada, y él siguió:

—Siempre me he preguntado de dónde vino la letra de la versión inglesa, porque no es una traducción de la italiana, y su contenido se acerca mucho a tu Gloria y, de algún modo, también a ti… ¿*De verdad* no se inspiró Branigan en la Gloria de *Zuccari* para crear su canción más famosa?

—*De verdad, de verdad* no sabemos nunca nada —dijo de camino a su habitación—. Venga, Loren, es hora de retirarse, que esto no son *Las mil y una noches*. Mañana seguiré viva. Y mis historias también.

Tanto al principio como al final de su amistad, Linda Rams y Marcella Marioni convivieron bajo el techo de La Tana, el hogar que tantas veces acogió a la actriz mientras fue la residencia de Alvise y su mujer. Las amigas de 1947 apenas guardaban parecido con las que volvieron a verse en pijama cada mañana cincuenta años más tarde, pero la casa de Via Margutta seguía siendo la misma.

La Tana ocupaba las tres plantas de uno de los edificios más antiguos de la calle. La fachada era de color rosado, pero estaba casi completamente cubierta por una hiedra trepadora que había cuidado con esmero el abuelo paterno de Alvise. Con el tiempo pasó al padre del director, pero este la cerró para irse a Venecia cuando conoció a su mujer, la madre de Alvise, que, como muchos venecianos, no le vio sentido a vivir fuera de la ciudad líquida. Venecia era un interior, le dijo a su futuro marido, y todo lo demás suponía estar a la intemperie. Y así fue como se instalaron en la casa de la familia de ella, en el barrio de San Polo, donde pocos años después nacería su único hijo.

Alvise pasó allí una infancia feliz, velada por lo irreal del escenario flotante, y cuando empezó a sentir el pulso del séptimo arte su padre le dio las llaves de La Tana, y el joven Colonna se mudó a una Roma que empezaba a brotar de la aridez de la guerra. Al poco tiempo se instaló con él Marcella, y a finales de los cuarenta la casa se convirtió en la guarida de Linda Rams. Durante aquellos años en los que Linda aún podía pasear por la calle sin que la reconocieran, las amigas recorrían cada recoveco de la ciudad en busca de helados cremosos, *maritozzi* rellenos de nata esponjosa y unas tartas de cereza que hacían en Campo de' Fiori. En esos paseos solían perder la noción del tiempo y llegaban a casa entre risas, siempre sorprendidas de que las horas pasaran tan rápido.

Durante las primeras semanas sin Alvise, Linda vio a Marcella en estado decreciente; pensó en la luna cuando se parece a una uña finita, o en uno de esos kiwis que se arrugan y se encogen sobre sí mismos. Como siempre creyó que la mirada externa ralentiza el proceso de languidez, se mudó con ella.

El día que llegó, subió a saludar a su amiga, que estiró el cuello desde la butaca para ver si aquello que traía Linda era efectivamente una maleta. Luego la miró a los ojos en forma de pregunta.

—¿Me instalo en la habitación amarilla? —respondió la recién llegada.

—Es la tuya, en cuál si no.

Marcella vivió cinco meses más. A menudo los maltrató y asistió a ellos como si no fueran suyos. Como ocurre al llegar al epílogo, sabía que la parte central de la historia ya había acabado, y fue un tiempo que le supo a prórroga.

—Me desespera pensar que siempre le vaya a echar de menos de este modo —le dijo la primera mañana que amanecieron en casa—. Que no consiga quitarme de encima esta tristeza que solo sabe a muerte. Nunca pensé que se iría él antes, así que no concebí su ausencia, ni siquiera como idea abstracta. Pero Alvi calculaba todo al dedillo, y mira cómo me ha dejado.

Era cierto, Alvise cuidaba los detalles al milímetro, y hasta morirse lo hizo de forma expeditiva: puso todo en orden y no dio tiempo a que nadie se hiciera a la idea de que se avecinaba el final de quien tanto había disfrutado del comienzo de las historias.

Linda echaba en falta su cara de concentración cuando estaba trabajando, la manera en que le estrujaba el hombro para animarla si se torcían los rodajes o la vida, y aquel gesto que hacía al llamarla, burlándose cariñosamente de ella, *la nuotatrice*, es decir, la nadadora, haciendo referencia a las brazadas laterales que la había visto dar en la cala mallorquina. A menudo las imitaba delante de ella y de Marcella, y los tres reían al evocar aquel tiempo en que sus vidas aún no estaban entrelazadas.

Linda abrazó a su amiga recién enviudada. No iba a repasar en ese momento las fases del duelo con ella ni a convencerla de lo afortunada que había sido, pero sí apuntó el vínculo inextricable que había existido entre ellos.

—Marci, Alvise apenas *fue* sin ti. Mientras tú existas, él estará aquí también de algún modo, aunque sea en otro estado.

Desde que falleció Alvise Colonna, Linda sentía que la presencia de Marcella creaba una suerte de continuidad en la vida del director. Es verdad que él había dejado de ser, pero ella los había conocido juntos, y en su vida siempre figuraron ambos, así que, al sentarse junto a su amiga, al hablar en el lenguaje de una vida compartida, siempre encontraba rastros de él. En algún lugar había leído que una persona no muere del todo mientras haya alguien que la invoque con su pensamiento. El olvido que seremos, esa sí es la verdadera muerte.

La actriz abrazó de nuevo a su amiga y le limpió las lágrimas.

—Qué ñoña soy, Linda, con este sollozo constante. Cuéntame tú. Imagino que sigues sin noticias de Silvia.

—Supongo que está bien —dijo—. No me ha dado opción a que la buscara. No sé por qué he sido incapaz de entender a mi única hija, Marci. Lo intenté, ¿no? Aunque quizá no lo suficiente. Y ahora que llevo tanto tiempo sin saber de ella me corroe la duda de si podría haber hecho más, haberle contado más. Quizá Silvia haya desaparecido de mi vida para siempre, a pesar de habérselo dado todo.

Y ese todo, pensaba, no solamente incluía bienes materiales, sino también el amor y la atención que ella nunca había recibido. Linda, que había crecido sin holguras afectivas ni económicas, no alcanzaba a comprender la raíz de la insatisfacción de su hija. Pero nadie da nunca todo, y ella se guardó para sí algo que también era de Silvia. Dónde habían ido a parar ahora todos aquellos reproches, los gritos que preguntaban por qué no tenía lo que más anhelaba: una vida normal, una familia como los demás niños. Linda apenas contó, para qué adentrarse en el pasado si todo se imagina. Tal vez podrían haber construido una relación diferente, pero no lo hicieron, y ahora Linda no sabía nada de su hija. Quizá ese convencimiento había alejado a Silvia para siempre, con la tranquilidad de quien cierra una puerta tras de sí.

—Lo intentaste, pero su adolescencia fue difícil, ya lo sabes. Y tú eras una madre atípica —respondió Marcella.

—Ya, pero nunca dejó de ser mi prioridad, Marci, aunque ella no lo viera, y aunque yo lo hiciera mal —dijo sin mirarla.

Una madre atípica, sí. Un asteroide solitario que recorre su camino rodeado de miradas. Una madre que hizo de ambos padres. Que no quiso hablar sobre la otra mitad. Que, cuando quiso, no supo cómo, pues para entonces se había levantado un muro de hormigón entre las dos y su voz no llegaba al otro lado. La distancia se había hecho tan insalvable que, cuando Silvia desapareció, Linda tardó en comprender su ausencia. Y, cuando lo hizo, apareció una certeza que no dejó de sobrevolar su conciencia: fue ella quien había abandonado a su hija, ella quien debió hacerle sentir que ser su madre era más importante que todo lo demás; su Silvia con la *i* silbante, dónde estaría, tal vez a la deriva, como quizá lo había estado siempre.

A pesar de la angustia que le provocaba no conocer su paradero, siempre evitó preguntar a su amiga si su hija se había puesto en contacto con ella; suponía que lo habría hecho cuando murió Alvise. Pero era una regla no escrita que le proporcionó cierta tranquilidad hasta que Marcella murió: Linda no le preguntaba si sabía algo de Silvia, respetando así la relación entre ambas y confiando en que si su amiga no la mencionaba era porque conocía su paradero y sabía que se encontraba bien.

—Yo sé que fue tu prioridad —respondió—. Pero en su versión de los hechos pasó mucho tiempo sola, y también perdida en su mente, con ese vacío del *no saber* que va ganando terreno a las certezas. —Marcella hizo un alto—. Y nunca encajó bien que se fuera Milko.

—Ya lo sé. Nadie pasó tanto tiempo con ella. Silvia siempre quiso más atención, como todos, supongo. Tendría que haber sido yo quien se la prestara. Y ella sintió la marcha de Milko como un abandono personal.

—¿Lo echas de menos?

—¿A Milko? Todos los días. Fue lo mejor que nos pudo pasar. Nos unió como no lo ha hecho nadie. Y también eso te lo debo a ti —dijo Linda—. Pero Milko no ha muerto, Marci. Solo quiso un cambio; llevaba mucho tiempo en Roma conmigo, con nosotras. Silvia ya no era una niña, tenía diecisiete años cuando él se fue a París. Además, no ha desaparecido de nuestra vida, aunque me resulta difícil creer que haga más de veinte años que ya no vive conmigo. Dos décadas. ¿Qué ha ocurrido en todo este tiempo? En fin —dijo—. Supongo que sigue en contacto con Silvia. Quiero respetar los deseos de mi hija, así que no le pregunto por ella, pero me llama a menudo.

—Él y yo también hablamos. Últimamente bastante, de hecho.

—Ya me imagino. ¿De literatura?

—A veces sí —contestó Marcella—. La última vez me dijo algo que había escrito Kundera sobre el presente y cómo este era lo único tangible que teníamos. Creo que lo hizo para hacerme sentir mejor, pero enseguida se dio cuenta de que aquello no podía levantarme el ánimo, porque lo que yo querría del presente es que no existiera. Me gustaría coger una foto de 1951, del día que se estrenó *Zuccari*, e imbuirle movimiento, verlo todo de nuevo, como en un cine de fotogramas fantasmales.

Linda miraba fijamente a su amiga; estaban allí, pero de repente también habían aparecido en medio de una sala de cine vacía, sonaba *Passeggiata* de Giovanni Fusco, y empezaba la película.

—Los dos nos echamos a reír cuando le dije que la frase de Kundera era un asco —dijo Marcella.

Milko era Milko Veselý. Había nacido en Praga, y su familia, que pertenecía al círculo de artistas y escritores de la ciudad, había entablado amistad con los padres de Marcella en un viaje que hicieron por Europa central en los años treinta. Así se inició una amistad infantil y epistolar que duró muchos años, pues las familias siguieron visitándose. Milko aprendió italiano muy rápido; de niño devoraba libros como si fueran galletas y, con el tiempo, acabó dedicándose a la literatura, con un puesto de profesor en la universidad. Pero en los años cincuenta, harto de vivir bajo el régimen que imperaba en su país, escribió a su amiga de la infancia. Quería salir de la entonces Checoslovaquia. Por la opresiva presencia soviética, sí, pero también, le dijo, porque él pensaba que la literatura era una ventana a otros mundos. Ahora, en cambio, se veía encerrado, en una realidad gris, en la tristeza del quehacer universitario, que se alejaba mucho de lo que había pensado que eran los libros. ¿Había algo en Roma para él? ¿No necesitaba su marido algún ayudante?

Marcella no entendió que quisiera dejar un puesto como profesor en su país natal, en el lugar donde su familia lo ampararía. Pero intuyó que Milko deseaba un nuevo comienzo, él mismo usó esa frase: «Quiero empezar de nuevo», le dijo, «y aquí no puedo. Pensé que al dedicarme a la literatura podría encarnar otras vidas, pero vivo encerrado en la estrechez de la mía. Lo que yo quiero es respirar un aire distinto, ¡asomarme a la ventana de Roma!».

«Déjame pensar», le dijo Marcella. «Dame unos días». Aquel deseo de ser otro era el mismo que perseguía a su querida amiga, y por eso sus palabras fueron como un eco. Estaban en 1954. Se acababa de estrenar *I giorni*, la segunda película de Alvise, que también había protagonizado Linda, y su amiga no daba abasto. Como Linda era Linda, no confiaba en ninguna de las personas que orbitaban a su alrededor. Vivía una vida desordenada en la que recordaba a última hora quién y dónde tenía que entrevistarla, sobrevivía sin apenas comida en casa ni horarios, la mayor parte del tiempo instalada con Alvise y Marcella. Y aunque aquello no cambiaría completamente, Marcella presintió que se beneficiaría de contratar a alguien cercano que la ayudara a organizarse. Había tenido a dos personas trabajando para ella, pero no tardó en prescindir de ambas, porque prefería que en su casa no entrara nadie en quien tuviera que aprender a confiar.

Milko era perfecto. Marcella le dijo a Linda que era como un hermano para ella. Lo describió como un hombre discreto, tranquilo, alguien que no la juzgaría ni se entrometería en su vida, pero que, intuía, se convertiría en un amigo. Y así fue como Milko Veselý acabó trabajando para Linda Rams durante más de veinte años. Se puede decir que era su amo de llaves, y también su secretario y su cocinero, y sin duda su niñero cuando nació Silvia.

Cuando Marcella le dijo a su marido que su amigo de la infancia se mudaba con Linda porque quería asomarse a la ventana de Roma, Alvise la miró por encima de sus gafas redonditas y le pidió que repitiera la frase. «¡Viene Milko a asomarse a la ventana de Roma!». Entonces Alvise se levantó y le dio un beso, cogiéndola en volandas a pesar de lo bajito que era él y lo alta que era ella. Acababa de darle el título de su tercera película: *Affacciati alla finestra di Roma*.

Era un nuevo día en Capri, y Lorenzo estaba en su habitación del Punta Tragara ordenando las notas que había reunido hasta el momento; en el margen, como si fueran señales de tráfico improvisadas, había dibujado triángulos con exclamaciones para identificar la información delicada. La biografía de Linda debía evitar cualquier mención a su infancia, y él se las arreglaría para que todo cuadrara, aunque había otros episodios que tampoco podrían aparecer, como el del padre de Silvia, por el que Lorenzo nunca había preguntado. Parecía un dato importante en la biografía de alguien, pero en el relato de una vida siempre hay luces y sombras, y él no quería hurgar en esa llaga.

Estaba en esas cuando sonó el teléfono de su habitación. Al otro lado, le pasaron con la redacción del periódico, donde escuchó la voz de un compañero. «¿Está Rams contigo?». No, era temprano y Linda aún dormía en su *suite*. «Va a salir a la luz una historia que te va a encantar»; Lorenzo respondió intrigado y el compañero exclamó: «¡El hundimiento de Coop! Como si fuera el Titanic».

Coop era J. C. Cooper, el actor americano que en 1954 protagonizó con Linda su segunda película, *I giorni*, una historia que relataba los días de una viuda que, al poco de perder a su marido, se casa con el hermano del difunto esposo, tensando así la relación entre ella y su hijo adolescente. Aunque no tenía la misma fuerza que *Zuccari*, el filme reveló un talento diferente de Linda en su papel como madre de Coop. Tenía treinta y cuatro años en el momento del estreno, y J. C. Cooper, su hijo en la ficción, veintidós, aunque su semblante aniñado hizo que le fuera posible interpretar a un adolescente de dieciséis.

El escándalo de la relación entre Linda y Coop se exacerbó por haber representado los papeles de madre e hijo en pantalla, y la película se vio afectada por la imagen que se difundió de Linda, a la que se tachó de pederasta e incestuosa, como si *I giorni* respondiera a alguna realidad y no a la imaginación de Alvise Colonna y los guionistas.

A pesar de ser doce años más joven, Coop, con su piel suave y tostada, era mayor de edad y, en comparación con quien representaba a su madre, tenía una amplia experiencia en el plano sexual. A sus treinta y cuatro años, Linda no había sido capaz de intimar con ningún varón por voluntad propia. Alguna vez se preguntó si le fue posible irse a la cama con aquel chico precisamente porque fingió ante las cámaras la inocencia propia de la juventud, pero nadie ha conseguido descifrar las leyes del deseo; tal vez confiara en él por no verlo del todo como un hombre, o quizá la encandilaron los dientes tan blancos y los ojos tan azules sobre la piel morena y tersa, como un lienzo recién montado.

Lorenzo no pudo evitar regodearse en la miseria de Coop. En su momento lo detestó por haber mentido sobre su relación con Linda, por no haber desmentido la versión de los periodistas, que la trataron de depravada. Y como solo tenía dos años más que él, nunca sintió que la juventud del actor excusara su falta de madurez. Aunque aún no tenían la estrecha relación que desarrollarían más adelante, él ya había publicado el reportaje «In Via Veneto» y estaba de parte de Linda.

Habían pasado muchos años. Lorenzo no iba a correr esa mañana a despertarla con la última exclusiva. Decidió quedarse en su cuarto hasta que ella se levantara, y siguió revisando sus notas, pero enseguida sonó el timbre. Al abrir la puerta, ambos exclamaron al unísono: «¡Coop!». A Linda la había llamado su publicista para contárselo, por si quería hacer alguna declaración. «¡A estas alturas!», le dijo a Lorenzo.

En la terraza de la *suite* Linda Rams sonaba la música de Nino Rota, y los dos amigos se dejaron envolver por el halo de intimidad que genera el tiempo, el que los llevó a pronunciar a la vez el nombre de quien llevaban tantos años sin invocar.

La caída libre de J. C. Cooper fue uno de los clichés de Hollywood más notorios ese año: actor venido a menos amanece en una comisaría del norte de Los Ángeles a causa de los excesos de la noche anterior. Ocurrió que, bajo la influencia de alguna droga, Coop entró en un restaurante del bulevar de Santa Monica y allí, después de devorar un *zabaglione* gigante y beberse una botella de lambrusco, con la sangre saturada de azúcar y alcohol, intentó robar una fotografía suya firmada por él mismo que le había regalado al local en los años sesenta.

Las cámaras de seguridad mostraron a un hombre barrigudo con atuendo deportivo, gorra de béisbol y una enorme foto enmarcada bajo el brazo. Al llegar a la puerta, a pesar de encontrarse frente a un cartel donde se lee Push, el hombre tira y, al no conseguir lo que pretende, prueba de nuevo con más inquina, y al tercer intento tira tanto que desencaja la puerta, que, una vez fuera de sus bisagras, cae desmoronada ante él, convertida en migas de cristal.

Nada habría pasado de chisme si no hubiera sido porque, viendo la puerta hecha añicos, el hombre intenta huir por encima de los cristales con su trofeo bajo el brazo, se zafa de dos camareros y hace un intento de colocarse al volante de un coche que ni siquiera es el suyo, pero que está aparcado con las llaves puestas frente al restaurante mientras su confiado dueño recoge una pizza.

Cuántas infracciones y desacatos se podrían haber evitado en aquella sucesión de eventos. Si no se hubiera encontrado con un coche a la entrada, si hubiera empujado la puerta en vez de tirar hasta echarla abajo, si no se hubiera dado de bruces con aquella foto suya, la historia habría sido otra. Pero no había fantasma que más acechara a Coop que el de su yo pasado, y no soportó verlo enmarcado, recordándole lo que había pensado que sería su vida.

Lorenzo sabía que, como Linda era Linda, no se alegraría realmente de aquel episodio, pero también sospechaba que sería una excusa para hablar y rememorar su lejana historia con él.

—¿Qué crees que significa lo del atuendo deportivo? —preguntó la actriz.

—No sé, ¿quizá llevaba uno de esos *maillots* de licra? O peor, un chándal.

Linda soltó una carcajada.

—No se le perdonará que haya hecho el ridículo embutido en un atuendo deportivo —dijo con comillas aéreas—. Al menos yo, en mis momentos menos gloriosos, llevaba un kimono de seda.

—Después de tantos años, ¿cómo recuerda tu memoria lo que pasó entre vosotros? —preguntó Lorenzo.

—Lo recuerda borroso… —dijo—. Estábamos en 1954, ¿no? Sí, porque habíamos terminado de rodar *I giorni*. Entre Coop y yo hubo algo desde el principio y, cuando se materializó, decidimos ocultarlo para que no afectara a la película. Era una relación peculiar por la diferencia de edad. Al final no sirvió de nada, porque la prensa se enteró y difundió la popular imagen de la mujer vieja y loca. Desesperada, vieja y loca. Podría parecer que yo tenía el control, pero no era así; Coop fue el primer hombre con el que estuve como tal, queriendo estarlo, ya me entiendes.

Linda calló de golpe y Lorenzo se incorporó.

—¿No crees que podría ayudar a otras mujeres si hablaras sobre tus experiencias en Madrid?

—No, ya he sido ejemplo de muchas cosas. Si estás pensando en qué escribir, puedes decir que era la primera vez que me enamoraba —dijo—. Pero no quiero que cuentes nada de Madrid.

Lorenzo asintió y le devolvió la palabra. Los relatos de una vida, de cualquier vida, están hechos de silencios, pensó. Linda había vivido mucho, y quizá por eso callaba tanto.

—Coop marcaba el ritmo de cómo y cuánto nos veíamos. Cuando se estrenó la película, se habló mucho del enorme parecido entre nosotros, de cómo podríamos ser verdaderamente madre e hijo. Aquello fue añadiendo cada vez más peso a lo nuestro y, cuanto más se escabullía él, más insistía yo. Era la primera vez que sentía deseo por un hombre, y se me abrió un mundo desconocido. Aunque todo se estropeara después, fui muy feliz en ese tiempo, como si fuera la primera persona del mundo en descubrir la carne de otra.

—Recuerdo la intensidad de esa época. Fue cuando llegó Milko a tu casa —dijo Lorenzo.

—¡Sí! Milko cayó del cielo y me ayudó a vivir con un poco de orden. ¡Menos mal! No sé si recuerdas que por entonces cogí unos kilos de más y la prensa se me echó encima. Todo era siempre motivo de crítica. A lo largo de los años había tenido que hacer dietas muy estrictas, levantar mancuernas a horas indecentes, atacar la grasa de lugares insospechados… La verdad es que no echo de menos todo ese escrutinio. Pero ahí me empezó a importar un poco menos lo que dijeran los periodistas.

—¿Dirías que con Coop fuiste feliz?

—Con la infatuación típica de novata, sí… En fin, ocurrieron muchas cosas, y lo más fácil para crear un relato coherente es hacer un resumen conciso: Linda Rams se volvió loca.

Lorenzo torció el gesto.

—Claro que la prensa me maltrató, Loren, eso no era nada nuevo. Pero yo también podría haberme ahorrado algunas cosas, ya me entiendes.

Aunque sabía de lo que se arrepentía, Lorenzo siempre pensó que Coop había tenido visión estratégica, que supo jugar muy bien sus cartas y que dejó a Linda a la intemperie.

—¿Te refieres al final de la relación?

—Sí, Coop conoció a Meghan Mills y ahí terminó todo. ¿La recuerdas? Era la modelo del momento, joven y dulce,

America's Sweetheart. Después del escándalo a lo *Edipo rey* conmigo, en su América natal no le habrían perdonado si no hubiese dado aquellas entrevistas sobre la unidad familiar, sobre su deseo de tener hijos con Meghan y vivir una vida ordenada. —Linda abrió la boca y acercó los dedos índice y corazón, imitando el gesto de vomitar.

Todo ocurrió muy rápido. Al poco de conocer a Meghan, el joven Coop quiso romper la relación; Linda le rogó que lo reconsiderase, pero él se mantuvo firme y ella no lo aceptó. Se presentó en su casa varias veces, no siempre de día, no siempre sobria. Luego llegó la orden de alejamiento, y entonces Linda contactó con un detective para que lo siguiera. A pesar de la desorbitada suma de dinero que le ofreció, aquel policía retirado no quiso aceptar el encargo, y ella tendría que haber sospechado que había algo turbio. Pero él le aseguró que no necesitaba contratar a nadie y le habló de La Boutique del Agente Secreto, un lugar en el que encontraría todo lo necesario para llevar a cabo la investigación ella misma.

Linda se disfrazó con una peluca estilo Marilyn y, transformada en otra, se dirigió a aquel negocio, donde compró unos prismáticos y los dos objetos cuyas fotografías llegarían a cada rincón de la prensa: una estatua de la Virgen de Fátima y una escobilla de baño. Aunque en las imágenes no era visible, ambas tenían una etiqueta en la que hablaban en primera persona: «Soy lo que ves, una figura de la Virgen de Fátima, pero también soy algo que no ves, una cámara oculta que graba conversaciones». Y la escobilla rezaba a su vez: «Soy lo que ves, una escobilla de baño, pero también soy algo que no ves, un micrófono de espía». Linda pensó que aquello no era tan extravagante; al fin y al cabo, todos somos una combinación de lo que está a la vista y lo que permanece oculto.

Aunque nunca llegó a usarlos, aquel detective que rechazó el encargo la fotografió haciéndose con todo ello en la tienda. Debió seguirla durante bastante tiempo, porque Linda casi se olvidó del tema y tardó semanas en sacar las figuras de sus cajas. Pero, cuando lo hizo, él captó el momento en su máximo esplendor.

—Una noche, al poco de llegar la orden de alejamiento —continuó Linda—, me tomé media botella de ginebra, saqué mis dos trofeos y me presenté en la puerta de su casa. Recordarás aquellas fotos y los jugosos titulares: «Descubierta Linda Rams merodeando alrededor de la vivienda de J. C. Cooper». Y ahí salía yo, con un kimono de seda abierto, presa de un delirio nocturno y etílico, con una escobilla de baño en un brazo y una Virgen de Fátima en el otro.

Miró a Lorenzo y encogió los hombros con expresión de incredulidad.

—A veces creo que nuestro yo pasado se convierte en un ser ajeno y, aunque lo recuerdas, es alguien con quien ya no compartes nada —comentó abstraída—. Yo no tenía intención de poner aquellas cámaras en su casa, fue solo un arrebato, pero me salté la orden, y Coop no tardó en dar su famosa entrevista: de la mano de Meghan dijo con ojos llorosos que solo quería llevar una vida normal, que yo siempre sería su madre en la ficción, que era muy difícil ver el declive de alguien a quien admiraba… Una sarta de tonterías muy bien pensadas. Y de mentiras, claro, porque negó haber tenido una relación conmigo.

Pero, en fin —añadió con un suspiro—, supongo que no hay nada más humano que querer salvarse.

J. C. Cooper se mudó a Hollywood tras aquel episodio. Tuvo varias aventuras con sus compañeras de reparto y tres hijos con Meghan, de quien se separó tras sorprenderla en la cama con un conocido productor. Después de aquello vivió el clásico descenso de drogas y excesos, un carísimo divorcio, una costosa rehabilitación y varios implantes de pelo. Ahora, con sesenta y seis años y un atuendo deportivo, quizá había escrito el último capítulo de su historia.

Nunca elegimos cómo se nos recuerda. Hay quienes son dominados por sus personajes de ficción; muchos pensarán en Sylvia viviendo la *dolce vita* en la Fontana di Trevi al recordar a la actriz Anita Ekberg, verán al Barón Rojo con sus gafas de piloto al evocar a Snoopy y les vendrá la imagen de Gloria rodeada de monstruos al pensar en Linda Rams. Tras ese episodio, también J. C. Cooper permanecería en el imaginario a través del personaje barrigudo en el que se transformó esa noche.

Sentados en las hamacas de la terraza, los dos amigos rememoraron la primera rueda de prensa después del escándalo de Linda y Coop. Fue en Los Ángeles; un periodista preguntó a Alvise qué querría decirle a J. C. Cooper, que no estaba presente en la promoción de *I giorni* porque, debido a la orden de alejamiento, no podían estar Coop y Linda juntos, y Alvise, a pesar de lo que le aconsejó la productora, se negó a promocionarla sin ella. Había varias cámaras a su alrededor, y el director preguntó cuál le enfocaba en primer plano, luego miró a ese objetivo, se subió el puente de las gafas y, en su más puro acento veneciano, dijo: *«You are full of shit, Coop. Go fuck yourself»*.

Mientras rememoraban aquellos tumultuosos días de 1954, les subieron el desayuno. El sol del mediodía brillaba con fuerza, así que Linda y Lorenzo entraron al salón de la *suite* para evitar la luz cegadora y el estruendo de las chicharras.

La actriz se dejó caer en el gran sofá ovalado y le pidió un vaso de agua. Él quería y no quería hablar de lo ocurrido tras el episodio de Coop. Después de tantos años, ella solía presentir lo que mediaba entre las palabras que merodeaban su conciencia y las que pronunciaba.

—¿Qué pasa, cordero? —le preguntó.

Nadie más lo llamaba «cordero», y ya no recordaba cuándo ni por qué había empezado Linda a usar aquel apelativo.

—Nada… Como hemos hablado de Coop, me estaba acordando de todo lo que vino después, y del doctor Dal Lago.

Como Alvise, el psiquiatra Guido Dal Lago también era veneciano. Ambos crecieron en el barrio de San Polo, uno de los más antiguos de esa isla con forma de peces sorprendidos en plena dentellada. A pesar de que sus vidas se cruzaron muchas veces siendo niños, Alvise Colonna y Guido Dal Lago nunca llegaron a conocerse. De pequeños jugaron en las mismas pandillas sin saberlo, se sentaron en el suelo de la biblioteca Querini Stampalia a escuchar cuentacuentos y se empacharon de *frittelle* en carnaval con otros críos, pero el azar quiso que no llegaran a intercambiar nombres o a reconocerse.

Hay personas que transitan por la periferia de nuestra existencia, seres lindantes que, de habérnoslos topado de frente, habrían zarandeado el curso de nuestra vida, pero siempre pasaron de refilón, así que no pudieron hacer mella. Es seguro que somos otros por no haberlos tratado, y también cabe la posibilidad de que, en la cadena infinita de todo lo que no llega a darse, el no tropezar con ellos afecte a terceros. Así ocurrió en esta historia, pues si Alvise Colonna y Guido Dal Lago se hubieran conocido, el devenir de Linda Rams habría sido otro.

—Sé que tenemos que hablar de Dal Lago y de toda esa época, pero ponme un café al menos, Loren.

—No tenemos que hablar de ello si no quieres.

—Lo terrible de algunas historias no es que hablemos de ellas, sino que hayan existido —dijo tras una pausa—. Lo aterrador no fue que yo me enterara de lo que pasaba entre los muros de aquellos hospitales psiquiátricos, ni siquiera que lo viviera fugazmente, porque la mía fue una estancia breve, sino que aquello sucediera, y que hubiera ocurrido durante tanto tiempo.

Se hizo un silencio entre ambos y, Lorenzo le alcanzó un *espresso*.

Al poco de que se publicaran aquellas fotos de Linda merodeando a las puertas de la casa de Coop, empezaron a alzarse voces desde la productora que había financiado *I giorni* y *Zuccari*. Linda Rams se había vuelto loca, no había más que verla, con esos ojos desencajados, medio desnuda, profanando a la Virgen de Fátima con aquella pinta. Si estaba enferma de la cabeza, tendría que curarse, así no se podía trabajar con ella, mira ese pobre actor, acosado por una mujer histérica.

—Alvise y Marcella lucharon con uñas y dientes, contra la productora, contra la prensa, y también contra mí —explicó Linda—. Porque al final fui yo quien les dijo que estaba pensando en pasar un tiempo en algún centro psiquiátrico, para lavar mi imagen y la de la película. Al paso que íbamos, presentí que no volvería a actuar nunca, o algo peor incluso, porque Alvise me daría trabajo, pero lo hundiría a él, que no habría conseguido más financiación para sus películas.

Fueron el representante y el publicista de Linda quienes la convencieron de que aquel ingreso sería una buena idea. «Solo hasta que se acallen las voces, como un acto de buena fe; eres una actriz célebre, te tratarán como a una reina. Y luego haremos una rueda de prensa para que vean lo bien que estás».

—Estuviste ingresada un mes, ¿no? —preguntó Lorenzo.

—Algo menos. Iban a haber sido tres, pero cada día que pasaba me sentía más confundida, como si fuera presa de una voluntad ajena.

Al principio de la cuarta semana, durante una de las visitas de Alvise y Marcella, ambos vieron el estado de Linda, perdida en algún lugar flotante de su conciencia, y pusieron fin a esa estancia sin preámbulos. Se negaron a marcharse de allí sin ella. Firmaron papeles, hablaron con las personas responsables y, cuando intentaron convencerlos de que pasaran a recogerla a la mañana siguiente, jugaron todas sus cartas: llamarían a la prensa en ese instante, avisarían a sus abogados, no había ningún ámbito donde la familia de Marcella no tuviera influencia. Traerían al mismo papa si hacía falta.

Era muy tarde cuando se alejaron de allí esa noche. Linda durmió todo el camino en el asiento de atrás. Marcella condujo en silencio y, durante las ocho horas que duró el trayecto hasta Roma, Alvise nunca le quitó la mano de la rodilla a su mujer, cuya vista cansada no se apartó de la carretera.

Cuando Linda ya llevaba un tiempo instalada en su casa, indagó sobre aquel centro que había encontrado su agente. Se zambulló en una labor de investigación sobre esos hospitales, entendió que proponían el encierro y el aislamiento como cura a la supuesta locura. Fue durante aquellas búsquedas cuando se encontró con el nombre de Guido Dal Lago, un psiquiatra que se oponía fervientemente a las prácticas punitivas que imperaban y al que Linda no tardó en conocer. Con el tiempo, Dal Lago consiguió transformar el interior de esos espacios, concebidos para curar, pero que en la práctica resultaban infernales. Tendrían que pasar muchos años, hasta que finalmente, en 1978, el legendario psiquiatra logró, gracias a su trabajo y al de su equipo, que se cerrara el último de aquellos centros.

Dal Lago se convirtió en un gran amigo de Linda, que pasó el resto de sus días apoyando la causa a la que el doctor había dedicado su vida. Si Alvise y él no se hubieran limitado a pasar de refilón por la vida del otro, Linda no habría ingresado en aquel lugar. Dal Lago lo habría convencido de que aquello no sería una solución sino un problema, le habría insistido en que alejara a su amiga del horror y del encierro. Pero, como no llegaron a conocerse, Linda vivió en primera persona el infierno que llevó a algún paciente a garabatear en la pared el mensaje que tanto daría que hablar: *La libertà è terapeutica.*

Tras aquellas tres semanas, Linda volvió a su casa de Roma, y nada más instalarse sintió un agradecimiento vital hacia Milko, que ya estaba al mando. No sabía por qué aquel ático en Via Borgognona que compró al independizarse de Alvise y Marcella no había llegado a acogerla del todo. Quizá había pasado poco tiempo entre sus muros, y fue solo a la salida del infierno cuando comenzó a sentir que su hogar le hacía un hueco.

Lorenzo le mandaba todo lo que escribía, sobre ella, sobre las películas del momento (Rossellini acababa de estrenar *Viaggio in Italia*, y Fellini, *La strada*), recordándole el lugar al que pertenecía, donde se esperaba su vuelta con ilusión; Alvise iba a verla muy a menudo, siempre cargado de vinilos con música de los rodajes; y Marcella pasaba por allí todas las tardes antes de la cena, con flores o con *maritozzi* de Regoli. Unos días Linda se desahogaba con ella, otros reían y bailaban juntas en el salón, y alguna tarde se terminaban la bandeja de *maritozzi* en silencio asomadas al balcón. Al terminar aquellas visitas, Marcella solía dar un largo paseo para disipar el odio que sentía al salir del ático de Linda: odio a Coop, a su agente, a la prensa, a todas las miradas que la habían colocado en aquel infierno que avivó tantos miedos. Cuando llegaba a su casa, Alvise presentía la tristeza de su mujer nada más abrir la puerta y siempre se acercaba a recibirla con un abrazo. «Va a volver muy pronto», le aseguraba estrechándola fuerte, como si su amiga se encontrara en algún lugar lejano y lo que vieran de ella fuese solo un caparazón vacío.

Linda pasaba casi todas las mañanas durmiendo en la habitación grande, pero por las tardes, si Milko estaba haciendo la cena, se sentaba en la mesa de la cocina y él le contaba lo que había comprado y cómo lo iba a preparar; otras veces se acomodaban los dos en los sofás de la azotea y él le leía historias o poemas, haciendo incisos para contarle curiosidades de los libros que elegía, como haría un cuentacuentos de adultos.

Una tarde ella le confesó que no entendía nada de lo ocurrido; había sido momentáneamente feliz con Coop, pero el espejismo del amor le vomitó en la cara, y el público, con la misma pasión con la que la había amado, entró en erupción como un volcán iracundo. ¿Era el miedo que sintió encerrada lo único real? ¿Era el mismo miedo que sentía de pequeña?

—Milko, se me escapa la realidad, y ya no entiendo qué es ni qué soy yo dentro de ella.

Lloraba un llanto lejano, con un miedo recóndito que su amigo supuso fruto de la desazón provocada por el ingreso en aquel lugar. Escuchó su desasosiego y sus preguntas, le puso la mano en el brazo y lo apretó con afecto.

—Linda —le dijo—, yo lo veo claro: eres Odradek.

—¿Odra-qué?

—Odradek. Es un ser extraño que aparece en un relato de Kafka —explicó Milko—, una figura ontológicamente incomprensible. Es muchas cosas y entre ellas se contradicen; a veces podemos asumir que no entiende lo que le rodea, pero en realidad posee un conocimiento categórico del mundo. Es un ente único que ríe a menudo, aunque es imposible saber de qué, porque es una especie de estrellita hecha de hilo y madera. No podemos entenderlo porque contiene algo infinito; en él todo es cúmulo y sinfín.

Linda escuchó atenta y recordó lo que había sentido al leer el primer reportaje que escribió Lorenzo sobre ella. También Milko, pensó entonces, encarnaba algo similar, quizá solo era bondad combinada con imaginación. Tal vez todos los hombres buenos tenían la capacidad de mostrar el mundo como si fuera una ficción amable.

—Milko, dime una cosa que sea cierta sobre Odradek.

—Es extraordinariamente dinámico y no se deja atrapar —explicó, y le dijo por primera vez lo que le recordaría siempre que intentaran alcanzarla sus enemigos o sus fantasmas—: No te dejes atrapar, Linda.

Cada día que pasaba se encontraba mejor. Milko se aseguraba de que comiera bien, Alvise y Marcella de que riera a menudo. Y un día que pasó Lorenzo a verla, ella le pidió que la acompañara al Sacro Bosco. Quería ver los monstruos que habían aterrorizado a la joven Gloria, le dijo, comprobar que aquellas eran esculturas de piedra que no encerraban los terrores tan temidos por su personaje. Lorenzo sabía que Linda no había perdido el juicio, pero su fragilidad se había hecho palpable desde el ingreso, y le asustó aquella petición.

Aquel día él había pasado por su casa solo con intención de saludar. Tenía que recoger al niño en casa de su exmujer, no tenía tiempo de ir hasta Bomarzo, le dijo. «¡Que venga también el crío!», contestó ella.

Durante aquella visita al parque de los monstruos, Linda, que no había vuelto desde el rodaje de *Zuccari*, se acercó mucho a la cara de los orcos, pasándoles los dedos por encima, metiendo la palma en sus bocas mientras Lorenzo hablaba de otras cosas, intentando quitarle intensidad a la situación. Lorenzo Jr., que era un niño de tres años, agarraba fuerte la mano de su padre, intimidado por aquellos engendros de piedra, y por la mujer que los acariciaba embelesada.

Cuando llegaron a la casa inclinada, el pequeño le soltó la mano y entró corriendo para jugar, pero, una vez dentro, se asustó y se agarró a la pared al sentir que perdía el equilibrio. Lorenzo, que siempre había tenido vértigo, estaba en la puerta, así que fue Linda quien lo cogió en brazos cuando vio que estaba paralizado en una esquina. Se acercó con él a una ventana para que se asomara: «Fíjate, Lorenzino, cuando te sientas encerrado, acuérdate de que siempre hay algo fuera».

Años después, Lorenzino se convirtió en un adolescente que mantenía una complicada relación con su padre. En una versión de la historia, Lorenzo padre estuvo siempre de viaje, cubriendo festivales de cine, cenando y celebrando la vida y la amistad con Linda y los suyos hasta altas horas de la madrugada. Un padre cuyo papel de progenitor nunca fue el protagonista. En otra versión, la exmujer de Lorenzo se apoderó de ese niño y lo absorbió como si fuera un hijo más de su segundo matrimonio y no tuviera de su verdadero padre más que el nombre. Como los relatos no dejan de escribirse, también esas dos versiones mutarían cuando el adolescente creciera y atisbara en sus padres la fragilidad de cualquier ser humano.

Cuando el niño cumplió quince años, padre e hijo hicieron un viaje a Mallorca. Recorrieron el norte de la isla, zambulléndose en pequeñas calas y almorzando en enormes predios. El último día, antes de coger el avión de vuelta a Roma, fueron de visita a una finca llamada La Raixa, cuyo paisaje también lo poblaban estatuas de monstruos manieristas tallados en piedra fría. Hacía doce años de la excursión al Sacro Bosco con Linda, y Lorenzo Jr. recordaba y no recordaba un lugar remoto que había visitado cuando era solo un crío. ¿Realmente había estado asomado a una ventana en brazos de la actriz más bella del mundo? No le quiso decir nada a su padre, que lo miraba de reojo, preguntándose cómo era posible que guardara recuerdo de aquellas bestias pétreas que lo asustaron de pequeño. Se quedó de pie junto a su hijo mientras él metía la mano en la boca de uno de los monstruos.

—Yo creo que los creamos nosotros —dijo el chico.

—¿A los monstruos? —preguntó Lorenzo.

—Sí, yo creo que son parte de nosotros, y por eso no sabemos espantarlos.

Lorenzo siempre luchó contra el relato del padre ausente, aunque a menudo fuera él quien lo escribiera. Con los años, fue supliendo el tiempo que le había robado a su hijo de pequeño, aunque sospechó que habría vivencias que no podían sustituirse por otras. De ahí nació la idea de aquel viaje a Mallorca, y también las repetidas visitas a los rodajes, siempre anheladas por Lorenzino. El niño podría haber querido dedicarse a cualquier cosa, pero se crio con la magia del cine a su alrededor. Como muchos de su generación, creció admirando a Fellini, a Antonioni, a Colonna, y en cuanto tuvo edad para ello (y antes también) comenzó a trabajar como ayudante en los platós.

Quizá esa fue la historia de reconciliación con su padre; hizo las paces con el hecho de ser fruto de un fracaso, con ese lugar tan solitario del que no vuelven los niños cuyos padres dejan de saber cómo quererse. En ese espacio triste existió Lorenzino hasta que vio los focos, la magia de imbuir movimiento a las historias, hasta que escuchó cómo se gritaba «¡Acción!» y entendió que todo podía siempre volver a empezar.

¿Qué precio pagó Lorenzo por su lealtad a Linda? ¿Le costó su familia? ¿Su profesión? Cuando su exmujer quería hacerle daño le recordaba que, mientras él sentía devoción por Linda, aquello no era correspondido, y qué vida tan patética, le gritaba, querer tanto a alguien que no te corresponde. Él nunca supo cómo explicarle que, incluso si aquello era cierto, él no veía el patetismo. Uno sentía un amor absoluto por algunas ciudades, por determinadas piezas de música o por una deidad, y nadie esperaba que esa admiración fuera correspondida. En cualquier caso, como casi todas las emociones verdaderas, aquella lealtad tuvo sus consecuencias.

Todo el mundo es fruto de algo. Quizá Peppe Sarro, el reportero de celebridades más detestado y detestable de Roma, había tenido un padre espantoso, que le humillaba o le pegaba, que le hizo sentir pequeño y le dio todas las herramientas para convertirse en el matón del colegio. Aunque tal vez no; Peppe podía haber tenido unos padres encantadores a los que les había tocado un hijo odioso. Es difícil calibrar qué ha de pasarle a alguien para justificar sus actos, y también ante quién se justifican. Peppe era un periodista sin escrúpulos, el baboso del que huían todas las secretarias, pero el origen de su naturaleza ruin era desconocido.

«El problema de las mujeres», contaba una noche a otros periodistas durante un cóctel, «es que dan mucha penita, las pobres. Las viejas resultan ridículas, ocultando arrugas y pellejos, las feas siempre intentando embellecer caras que son aberraciones, las gordas tratando de disimular la carne fofa. Y todas ellas, sean guapas, feas, viejas o gordas, se pasan la vida escondiendo lo débiles que son». Lorenzo hizo por apartarse de aquel soliloquio que, intuyó, solo iría a peor, pero le siguió llegando la voz: «Me acuerdo de una niña muy guapa de mi pueblo a la que todos los niños intentábamos levantar la falda. Ella corría mucho para escaparse de unos y otros, pero un día llevaba un vestido rosa de vuelo que a mí me volvía loco, y la perseguí por el patio del colegio tanto tiempo que al final se resbaló en unas escaleras. Se quedó paralizada en un peldaño sin respiración, como pasmada. La tuvieron que llevar a la enfermería porque se ahogaba, y yo pensé que se me iba a caer el pelo. Pero la muy tonta no dijo nada. Si hubiera sido un niño, me habría apuntado con el dedo, pero la idiota se quedó muda del susto. A las tías hay que darles una buena hostia a tiempo, si no, no espabilan; en el fondo por eso les gusta que les peguen, porque son débiles y saben que lo necesitan. Como la Linda Rams, que, con toda su fama y su dinero, acabó en un loquero y preñada con una hija bastarda, porque al final está mal de la cabeza y es una floja, como todas, aunque me la habría follado igual, ¿eh? Con esa cara de loca y el kimono abierto de par en par».

Lorenzo sintió cómo el corazón le bombeaba toda la sangre al lugar donde se forja la ira. Podía salir del cóctel e intentar olvidar las palabras que habían llegado a sus oídos (la maldición de la escucha). O darle un guantazo a Peppe. O coger el cuchillo que había al lado del *roast beef* y clavárselo delante de todos.

Una de las pocas periodistas del periódico al que pertenecía el detestable reportero le contó una vez que, después de pasar toda una noche trabajando, se quedó dormida en el sofá de la redacción y se despertó despavorida cuando sintió que alguien le estaba manoseando el culo. Se giró de sopetón y se encontró a Peppe ahí, fingiendo que dormía a su lado. «Se debió pensar que soy tonta», le dijo ella, «yo ya le había visto intentar restregarle los genitales a la plantilla femenina después de unas copas, coger en brazos a las secretarias para ver cuál estaba más gorda. Va por ahí como una bestia en celo preguntando a unas y a otras por sus fantasías sexuales, en fin, que para entonces me esperaba cualquier cosa de él».

Lorenzo recordó aquello tras el monólogo de Sarro y pensó que seguramente haría un favor al mundo si se deshiciera de él, pero también sabía que no era capaz de matar a nadie con un cuchillo de carnicería. Y entonces, en un instante de lucidez (aunque quizá fuese lo contrario), se le ocurrió que existen otras maneras de matar. Recordó que Peppe era extremadamente alérgico al marisco, que en una ocasión casi se queda en el sitio debido al *shock* anafiláctico que le provocó una gamba. Miró en dirección al bufet, había una mesa llena de crustáceos desplegados en suculentas bandejas. ¿No estaba Peppe terminándose un bloody mary? Aquella combinación que sabía a rayos escondería cualquier sabor, ¿y si le preparaba uno y se lo ofrecía? Lo podría terminar con unos percebes hechos trizas, unas gambas bien chafaditas. Si ponía suficiente tabasco y lo pasaba por la coctelera, Peppe no lo notaría. Se acercó entonces al bol lleno de gambas peladas, y allí enganchó unas cuantas intentando disimular sus intenciones, pero, con el puño chorreándole agua de camarón, entendió que aquel era el momento de controlar el arrebato, dar media vuelta y marcharse del hotel.

Se dirigió al baño a deshacerse de las gambas y lavarse las manos, aliviado de dejar atrás su propia furia, pero de camino volvió a escucharlo diciendo obscenidades a ese grupo de hombres pequeños que le reían las gracias. Vio cómo ponía el vaso de bloody mary vacío en la bandeja de una camarera y, con la mano ya libre, le propinaba un azote con pellizco en el culo a la joven, que se apresuró a alejarse de él. Entonces Lorenzo, iracundo y con el puño aún lleno de gambas aplastadas, dio dos zancadas y, en la mayor demostración de cólera que había manifestado en su vida, se abalanzó sobre Peppe Sarro, restregándole los crustáceos por la cara, tratando de untarle bien ojos y boca, los puntos más porosos, por los que sabía que el marisco penetraría para hacer de las suyas.

El numerito fue comentado durante mucho tiempo. Suspendieron a Lorenzo una temporada (que al final resultó ser corta), y también se convirtió en hito y hazmerreír a partes iguales. A unos les pareció memorable que alguien le parara los pies a Sarro; a otros la escena les resultó absurda y violenta, como solo puede serlo la testosterona desatada. Y seguramente todos tuvieron parte de razón. Pero las gambas surtieron su efecto y hubo que llamar a una ambulancia para que alguien se hiciera cargo de la hinchazón de Peppe, cuya cara se transformó en una tumoración rosada en cuestión de segundos. Mientras tuvo a Lorenzo encima, el zafio reportero vio el gesto de un hombre furibundo, fuera de sí, capaz de matarlo si había una próxima vez, quizá a base de langostinos, aunque ningún método era ya descartable.

Pero todo viene siempre de algún lugar. Lorenzo no era un hombre que fuese perdiendo los papeles por la vida. Ese día, aunque hacía trece años que Linda se había saltado la orden de alejamiento de Coop, él tenía muy presentes el encierro y el sufrimiento que siguieron a aquel episodio.

La actriz estaba en Capri pasando el verano con Silvia. Lorenzo se reuniría allí con ambas a finales de esa semana con la excusa de entrevistarla para una revista de moda. El día anterior al encontronazo con Peppe Sarro, Linda le había pedido que pasara por su casa de Roma y recogiera un guion que había olvidado allí, así se lo podía llevar a Capri y ella lo leería en la isla. Milko había viajado con ellas, pero Lorenzo tenía llaves y lo encontraría por el salón.

Entrar en casa de amigos cercanos cuando no están presentes siempre provoca pudor en quien ocupa momentáneamente el espacio despoblado. Lorenzo se dirigió al salón sin tocar nada y miró en la cómoda; al no verlo allí, se sentó en el sofá y se dispuso a inspeccionar los papeles que se encontraban sobre la mesa baja de mármol. Comenzó a leer unas hojas con texto mecanografiado, imaginando que se trataba del guion. Tardó tres frases en darse cuenta de que aquello no era lo que buscaba. Releyó el primer párrafo y los dos siguientes, sabiendo que era ilícito adentrarse en aquellas palabras, que no se habían escrito para él, ni tal vez para nadie, pero no pudo evitar seguir leyendo.

Una mujer vestida con colores vivos me rodea con sus brazos. Otra con ropas anchas y un brillo azul en la mirada me coge la cara y me da un beso sonoro, como los que supongo que dan algunas madres a sus hijos pequeños.

Entra una luz delicada que se refleja en los ojos de algunas de ellas. Suena la música alegre de una orquesta compuesta por jóvenes que tocan con entusiasmo. Imagino esas notas como una sustancia líquida que se cuela por los rincones más oscuros de la estancia. Imagino que esos acordes son capaces de convertir las torturas vividas entre esos muros en tardes serenas. Algunas mujeres comienzan a bailar. Una de ellas, sin dientes delanteros, con el pelo erizado y una expresión infantil, me invita a bailar con ella.

Bailamos como dos osos. Con movimientos que ninguna coordina. Al terminar el baile, mientras recogía mis cosas en la entrada, me contaron que la mujer de expresión infantil pasó años atada, que durante mucho tiempo no fue capaz de hablar ni comer sola, que rechazaba el contacto de cualquiera. Me conmovió pensar en su estado ahora: bailaba y reía como una persona cualquiera.

A estos les seguían otros párrafos similares; en la esquina superior izquierda se leía «L'Osservanza, a 6 de junio de 1967», apenas dos semanas atrás. Lorenzo revolvió entonces por la mesa y vio más textos parecidos; algunos tenían fecha de años anteriores, y había también acreditaciones con la foto de Linda y el nombre de distintos hospitales. Todo indicaba que, tras el breve lapso que pasó ingresada trece años atrás, Linda había seguido vinculada a aquellos lugares.

Aunque iba a ver al doctor Dal Lago a menudo, Lorenzo siempre supuso que la colaboración de Linda consistía en hacer donaciones, en ofrecer patrocinio, no en visitar los centros en persona. La imaginó adentrándose sola por aquella estancia del hospital psiquiátrico de L'Osservanza conocida como «El pabellón de las cuarenta y cuatro mujeres agitadas», la espeluznante ala que albergaba a mujeres atadas a las que se trataba de incurables, de violentas, que habían sufrido años de reclusión y aislamiento, de inmovilizaciones y *electroshocks*. Quizá también ellas verían sus manos ensangrentadas, como le ocurría a Gloria en *Zuccari*, una sangre que podía ser fruto del terror proyectado por sus cerebros, o que tal vez manaba realmente por las hendiduras de las ligaduras en sus muñecas.

Lorenzo se preguntó cuántas veces habría ido a ver a esas mujeres, qué dolor propio vio en ellas, si habría hablado de aquellas visitas con alguien, quizá con Marcella. Linda nunca vivió hasta las últimas consecuencias aquella suerte de secuestro legal que es el encierro psiquiátrico, pero lo que fuera que padeció las semanas que pasó allí avivó la otra forma de aislamiento que había experimentado en su infancia. Es posible que quisiera acompañar a esas prisioneras en el infierno porque ella transitó el suyo sola. Tal vez eligió sentarse a su lado, contemplar los monstruos que las acechaban, cogerles las manos llenas de sangre y susurrarles que ella también había visto esa realidad quebradiza que nadie más compartía, aunque hubiera ocurrido en otra vida, cuando aún no era Linda Rams.

Lorenzo la imaginó aturdida por el tumulto de emociones que le provocaría volver a aquel lugar, y también la supuso conmovida por la música, por la delicadeza de los momentos que describía en los textos, por todo lo que logró mejorar el doctor Dal Lago, que colmó de humanidad aquel espacio al llenarlo de artistas, de orquestas y de cuidados, y que finalmente consiguió cerrar.

Recreó en su mente muchas veces la imagen de Linda bailando como un oso con aquella mujer que se comportaba como una persona cualquiera. Es cierto: la libertad era terapéutica, y consistía en que alguien viera la sangre en tus manos, concibiera tu dolor y bailara contigo. Linda lo sabía, porque lo contrario era el abismo, el encierro, en una institución diabólica o en una casa infernal.

Después de leer esos párrafos, Lorenzo lo colocó todo como estaba, encontró el guion y salió aturdido, pensando en el sufrimiento ajeno y en la decisión que tomó Linda al no apartarse de él. La recordó años atrás, cuando estaba recién salida de aquel lugar y quiso volver a Bomarzo; vio con los ojos de la mente las imágenes de Linda embelesada con los engendros del Sacro Bosco, invocando a Gloria, cogiendo en brazos a Lorenzino para que no se asustara en el interior de la casa inclinada.

Toparse con aquellos escritos era prueba de lo que siempre supo de ella, que, aunque era tenaz, los monstruos podían acecharla. Fue esa imagen conjeturada por su cerebro, la de Linda huyendo del encierro, la que hizo que le saltaran los plomos cuando Peppe Sarro contó la historia sobre esa cría aterrorizada a la que Lorenzo también imaginó escapando, con su vestido rosa, jadeante, a punto de quedarse sin respiración tras la caída.

Cuando Lorenzo llegó al Punta Tragara a finales de esa semana, no había nadie en la *suite*. Era el principio del verano y las tardes aún no eran muy calurosas; Silvia tenía nueve años, y el reportero supuso que madre e hija habrían bajado a la playa antes de la cena. Se tumbó en una de las hamacas de la terraza y se quedó dormido. En algún momento, la niña lo despertó jugando a su alrededor, esperando a que abriera los ojos y le hiciera reír con sus balidos de oveja. Se incorporó y vio a Milko detrás, preguntándole si tenía hambre mientras ponía trozos de verdura en la plancha. A su lado, Linda tenía una expresión alegre, llevaba una cinta en el pelo y sostenía una botella de algo espumoso en la mano. «¡Cordero! No te queríamos despertar», dijo mientras él abrazaba a Silvia. Su amigo le entregó el guion y no le comentó nada sobre lo que había visto en su casa, tampoco le contó lo ocurrido con Peppe Sarro. Aunque todo se andaría.

Linda no se había dejado atrapar, pensó entonces Lorenzo. Bailaría como un oso con las cuarenta y cuatro mujeres, tal vez se sentaba con ellas y las acompañaba durante tardes estáticas, pero de sus manos ya no manaba sangre.

¿Y Peppe Sarro? Quién sabe, quizá un día, en un viaje a Sicilia, confiado por lo tradicional de la cocina sureña, comería unos *arancini* ignorando que los había concebido un chef experimental, y que donde el comensal siempre encuentra un relleno de carne de ternera, ese día había un picadillo de langostinos y almejas. No solo es imposible elegir cómo pasamos a la posteridad, tampoco conocemos qué maniobra de salida nos espera.

A los pocos días de volver a convivir en La Tana, las dos amigas estaban sacando un almuerzo a la terraza cuando sonó la voz de Nancy Sinatra cantando *These Boots Are Made for Walking* en la radio. Al escuchar los primeros acordes, Marcella miró en dirección a Linda, que se quedó de pie con el plato de ensalada en la mano y lo dejó en la mesa para echarse a llorar. La viuda de Alvise Colonna, que apenas necesitaba detonante para los sollozos, la acompañó en el llanto.

—Era tu turno de llorar con la canción de Nancy y te lo he arrebatado. Últimamente no hago otra cosa.

—No pasa nada —dijo Linda—. Es solo que hacía tiempo que no la escuchaba.

Linda, que trataba de evitar sentirse invadida por la pena sombría que le provocaba la ausencia de Silvia, prefería llorar con Marcella por la muerte de Alvise que bajar por el camino de la añoranza que llevaba a su hija. Pero aquella canción ya había iniciado esos pasos por ella.

Una tarde, cuando Silvia era pequeña, Linda y Marcella se preparaban en el salón de Via Borgognona para asistir a un cóctel.

Esa semana la niña había ido a la fiesta de cumpleaños de una amiga del colegio. Para la ocasión, el padre de la compañera se disfrazó de Batman, cuya película se había estrenado hacía poco y causaba sensación entre los más pequeños, y Silvia se había pasado toda la semana hablando de aquel papá.

—No era el Batman de verdad, mamá, pero hacía de Batman para los niños del cumple. Iba disfrazado y hablaba como él ¡y dijo que hasta podía volar!

—Claro, mi vida, igual que yo me hago pasar por otras personas en las películas.

—Pero tú lo haces para otra gente. Su papá lo hacía para ella y sus amigos. Yo también quiero que mi papá se vista de algo para mí.

—Para eso no hace falta un papá. Tú y yo nos podemos vestir de lo que quieras.

—Pero yo quiero que lo haga mi papá. ¿Dónde está?

La conversación sobre el papá no identificado había perseguido a Linda desde que Silvia tuvo edad de empezar a preguntar. «Es un papá muy ocupado y ahora está de viaje», «Pero ¿cuándo viene?», «Está muy lejos, mi vida». No fue una gran idea, pero cuando la niña estaba pasando por uno de esos periodos de fascinación por el espacio, se le ocurrió decir que su papá aún tardaría mucho tiempo en regresar, pues estaba de camino a la Luna. Los enormes ojos de Silvia se abrieron como solo ocurre en los dibujos animados: «¡¿Mi papá es astronauta?!», preguntó. Linda respondió que sí y aquello la alivió un tiempo, pero le partía el corazón ver a su hija observar intensamente la negrura de la noche, hacer gestos a la luna y esperar durante horas algo que no llegaría. La niña empezó a escribir cartas a ese papá que navegaba por el cosmos, y su madre respondía con historias sobre cómo se veía la Tierra desde el espacio: sí, todo parecía muy pequeñito; no, no podía hacer pis mientras flotaba. Con la llegada a la Luna del Apolo XI todo se complicó aún más (¿Es papá uno de esos astronautas? ¿Ya está de camino a casa? ¿Podemos ir a verlo cuando llegue?).

Linda nunca tuvo un plan a largo plazo sobre cómo contarle a su hija quién era su padre, por qué no tenía ella una mamá y un papá como los demás niños. Resultó ser una medida cruel no darle respuestas durante su infancia; el silencio se fue haciendo cada vez más denso, elevándose por encima de ambas, y cuando Silvia creció y su madre quiso hablar, no supo cómo hacerle frente a aquello tan sólido que las separaba.

Aquella tarde Silvia protagonizó la primera de las muchas sesiones de gritos que vendrían después. Por qué, por qué le había tocado a ella esa madre famosa en vez de una familia normal, por qué no tenía un papá como las demás niñas, por qué no estaba allí disfrazándose con ella, por qué tenía una madre loca, en el colegio le habían dicho que su madre era una loca y una puta. La cría vociferó que su madre siempre tenía planes y fiestas, y que nunca eran con ella; quería encontrar a su papá y vivir con él, dónde estaba, por qué no estaba con ellas, seguro que era culpa de su madre. Linda se sentó en el suelo, derrotada ante la rabia de su hija, sintiéndose un despojo atrapado en una situación fuera de su control, como en los peores momentos. Pero esta, además, la había creado ella.

—Pues si vas a ir a esa fiesta, yo quiero ir contigo. Si no vas a traerme a papá, quiero hacer lo que tú haces, no quiero esperarte más en casa sola, siempre estoy sola y lo odio, te odio y odio nuestra vida.

Linda se levantó y se acercó a su hija.

—Silvia, mi vida, cálmate. No puedes venir hoy, es una fiesta de mayores, pero no te quedas sola. Está Milko. No te has quedado sola nunca, no digas eso.

Marcella, vestida de largo, la esperaba a una distancia prudente.

—Linda —dijo bajito para que se acercara—. ¿Por qué no te quedas y me voy yo? Qué más da, es una fiesta sin más.

Pero Linda le habló llena de angustia.

—No puedo, Marci, si cedo ahora, no sé cómo voy a pararlo; si le concedo esto, no sé qué haré después. —Y se volvió a su hija—: Silvia, mi vida, cuando seas mayor te contaré todo, aunque no va a ser esta noche; esta noche te vas a quedar con Milko viendo una película.

Pero la cría seguía aferrada a la imagen de ese papá heroico de su amiga, y Linda fue a buscar a Milko a la habitación, donde sabía que estaba escondiéndose de los gritos.

—Milko, perdón por todo esto. ¿Te puedo pedir un favor? ¿Podrías contratar a un payaso esta noche?

—¿Un payaso?

—Sí, un payaso, bueno, un animador de fiestas, quiero decir, de esos que van a los cumpleaños de los niños ricos vestidos de payasos.

—Pero a Silvia le dan miedo los payasos.

—Es verdad, es verdad… —dijo—. Aunque no tiene por qué venir vestido de payaso. Llama a una de esas agencias que organizan fiestas infantiles, di que manden a alguien ya mismo, pero que no venga vestido de payaso. Que venga de Batman, o con ropa normal, y que traiga todos los disfraces que tenga, que los coja todos y se presente aquí en cuanto pueda. Di que pagamos el doble de lo que cobren. Avisa de que no es una fiesta como tal, que solo habrá una niña y que quizá esa niña quiera vestirlo con los trajes que traiga.

Al oír en alto el plan paró un instante.

—Milko, escucha —dijo de nuevo—: estate tú presente en todo momento, por favor. No vayamos a meter a un depravado en casa y que al final sea peor el remedio que la enfermedad. No pierdas de vista al payaso. Y que Silvia se lo pase bien, por favor.

—Pero ¿no has dicho que no viniera de payaso?

—¡Eso! ¡Perdón! Es que estoy muy nerviosa. Que no venga de payaso.

—Linda, no sé si esto es buena idea… ¿No sería mejor que te quedaras?

—No, Milko, por favor. Me tengo que ir.

Él asintió y Linda le dio un abrazo. Luego fue a buscar a su hija y le dijo que la quería mucho, y que estaba en camino una sorpresa, pero la niña apenas levantó la cara de la almohada.

Linda se pasó la fiesta dándole vueltas a lo ocurrido. Tenía que haberse quedado en casa, le dijo a Marcella. Su amiga le cogió la mano.

—No estabas preparada para tener esa conversación con Silvia, no pasa nada, pero por qué no nos vamos ya. Aún estará despierta. Llegamos las dos y le decimos que la fiesta era un rollo, que me quedo a dormir, y que podemos ver una película las tres juntas en la cama, como cuando era pequeña. Yo creo que echa de menos esos días, ¡y yo también!

Tanto Marcella como los demás se habían comportado siempre como quien es consciente de que solo existe una visión incompleta del mundo. Ninguno de ellos sabía quién era el padre de Silvia. En la indecisión de Linda sobre cómo tratar el tema, tuvo claro que, mientras no lo hablara con su hija, no lo compartiría con nadie, y todos intuyeron que aquella era una parcela en la que solo había sitio para ellas dos.

Quizá podían haberle preguntado años atrás, cuando el embarazo se hizo evidente, pero en vez de eso mantuvieron una breve conversación cuando Linda los reunió un día y les dijo sin preámbulos que estaba encinta. Como ninguno sabía si el nuevo estado era bienvenido, no reaccionaron, y ella anunció con el dedo índice erguido que podían hacerle una pregunta: «No una cada uno, una entre todos», aclaró. Marcella, sin titubeos, se levantó y la interpeló: «¿Tú estás contenta, Linda?». La actriz sonrió entonces con todo el rostro y se llevó las manos a la cara, y luego a la tripa: «¡Mucho! ¡Más que nunca!».

De vuelta del cóctel, antes de entrar en casa, las amigas oyeron por el pasillo la canción de Nancy Sinatra. Se miraron extrañadas y, al abrir la puerta, vieron a Milko en el centro del salón luchando para moverse con unas botas rojas altas de Linda. Llevaba la cara maquillada y un jersey blanco de angora que no le llegaba a las nalgas y por el que se entreveían unos calzoncillos negros. Silvia, que bailaba encima del sofá, tenía el pelo cardado, otro jersey de lana y unas botas blancas de charol. Ambos llevaban peines en la mano derecha a modo de micrófono. Quién sabe cuántas veces habría sonado la canción aquella noche. En ese momento estaba empezando de nuevo, y cuando Silvia vio que su madre entraba por la puerta, la miró desafiante y le cantó dirigiéndole aquella letra: *«These boots are made for walking and that's just what they'll do, one of these days these boots are gonna walk all over you... You keep lying when you oughta be truthing, and you keep losing when you oughta not bet, you keep saming when you oughta be changing...».*

Como ocurre a menudo, el instante fue muchas cosas, y todas confluyeron y existieron a la vez: era irritante, y también muy triste. Silvia estaba provocando a su madre de manera intencionada, y lo estaba haciendo fruto de la ira que sentía hacia ella. También era una escena extremadamente confusa. ¿Qué hacía Milko disfrazado de bailarina de Nancy Sinatra? ¿Trabajaba para ella o para Silvia? ¿Le habría contado esto si no hubieran vuelto tan pronto? ¿Y dónde estaba el payaso que no iba a ir disfrazado de payaso?

Pero Linda era Linda. No podía resistirse a la música ni a los momentos de diversión, aunque fueran pasajeros, aunque estuvieran detonados por la tristeza y fueran varias cosas a la vez. Siempre supuso que la alegría tiene unas ventanas que permanecen abiertas un tiempo limitado y luego se cierran en la cara de quien se queda mirando. Así que, en ese instante, también encontró aquella escena enormemente cómica. Marcella, que la conocía mejor que nadie, no se extrañó con lo que ocurrió después. Linda se acercó al bar, cogió dos botellas para que hicieran las veces de micrófonos y le tendió la mano a su amiga para unirse a Milko y a Silvia encima del sofá.

Los cuatro se dirigieron canciones, cantaron a la nada, encima de los sofás y por el borde de la mesa baja de mármol. *«You keep playing where you shouldn't be playing...»*, le cantó Linda a su hija. Pero Silvia tampoco era inmune a aquello que emanaba su madre y, más que castigarla, quería ser parte de su mundo. La niña, que sabía de los bailes con Alvise y el resto del equipo durante los rodajes, enseguida pidió que los replicara:

—Mamá, pon una de las canciones que bailas en tus películas, ¡¡ponla, por favor!!

Y Linda puso *Do You Love Me* de The Contours. Milko asumió el papel del Contour que llevaba la voz cantante y ellas hicieron los coros. Cada vez que gritaba *«Watch me now!»* con aquellas botas rojas de charol con las que apenas se tenía en pie, las tres rompían a reír hasta que Marcella se agarró el estómago pidiendo que por favor pararan.

—¡Ahora tú mamá, canta tú una!

Y su madre puso el vinilo de *Great Balls of Fire* de 1957, otro clásico de los rodajes con Alvise. Linda interpretaba a Jerry Lee Lewis y tumbó a su hija en el sofá para que hiciera de piano hasta que las cosquillas, la música y los movimientos descontrolados de cadera acabaron con Silvia por el suelo.

Al final de la noche, cuando acostaron a la niña, vaciaron aquellas dos botellas-micrófono entre los tres, y Milko, con la sombra de ojos y el colorete aún en la cara, les contó lo que se habían perdido. Había llamado a una agencia de fiestas infantiles que mandó a un chico a la media hora. El muchacho, pese a lo solicitado, apareció vestido de payaso y, al verlo, Silvia se había echado a llorar otra vez y había salido corriendo a su habitación. Milko pagó al payaso y le pidió que se fuera.

—Pero ¿cómo se te ha ocurrido montar este tinglado? Y después del disgusto de ver al payaso…, pobre Silvia —dijo con la voz cargada de culpa.

—No hay que dejarse atrapar, Linda —le contestó Milko con un guiño—, todos llevamos algo de Odradek.

Sabía que a la niña le encantaba la canción de Nancy Sinatra, y la puso sin más. La cogió de la mano y abrió el gran armario de Linda: «Silvia, tu madre tiene muchísima ropa, y es mil veces más bonita que el disfraz de Batman. Coge lo que quieras. Para ti y para mí».

Ya borrachos, los tres comentaron divertidos el sorprendente giro que había dado aquella velada y, antes de recogerse, Milko propuso un brindis:

—Por las noches que son, a la vez, de una forma y de su contraria.

Desde la terraza del hotel les llegaba el aroma de lo que empezaban a cocinar abajo, y Lorenzo sabía que Linda no tardaría en solicitar una pausa.

—Me estás matando de hambre con esta entrevista interminable, Loren.

—¿Qué te apetece? ¿Pedimos que nos suban algo?

—No, prefiero que salgamos.

—Ya me imaginaba yo… Podemos bajar a La Fontelina; estará lleno de gente, pero llamo para que nos vacíen una de las plataformas.

—No hace falta, cordero. ¿No me ves? Ya no tengo que ocultarme. Además, los nuevos turistas no conocen a los actores de antes.

Pero no era cierto que Linda pasara desapercibida. Se sabía que seguía pasando largas temporadas en Punta Tragara, su foto firmada estaba en los locales más antiguos de la isla, incluyendo La Fontelina: Linda con casi cincuenta años menos, junto a los primeros dueños, cuando el lugar era un chiringuito que salía volando con cada temporal. En los años sesenta, al ponerse Capri de moda, La Fontelina mejoró sus instalaciones, y ella fue testigo de la transformación que sufrió, de cómo pasó de ser un barecito donde comer el pescado del día a convertirse en un espacio por el que competían las marcas de lujo para filmar sus campañas de publicidad. Sin saber cómo, Capri empezó a representar un tipo de elegancia que el dinero no podía comprar, la exclusividad de la estirpe tostándose bajo un sol que alumbraba la cuna del mundo occidental. Y así, en poco tiempo, la isla se llenó de quienes perseguían algo que les precedía. El éxito era justo eso, pensaba Linda, que todos se pusieran de acuerdo en que algo que ya existía antes fuera, de repente, enormemente deseable. Ocurría casi sin previo aviso, y entonces ese algo se volvía codiciado, y los primeros sorprendidos eran los que habían estado allí siempre.

Un día, hacía tiempo, Linda intentó explicarle esto a un reportero que no entendía por qué la actriz hablaba de su éxito como si no fuera real. No es que fuera imaginario, le decía ella, es que era un acuerdo. «A usted le pueden gustar mis películas, y también a un amigo suyo. Esa parte sí es real, la que ocurre a nivel del individuo, pero esas personas, en conjunto, no son como árboles que conforman un bosque». Como él no cambiaba el gesto, ella siguió hablando; el éxito no era solo la suma de todas esas opiniones. «Es sobre todo un acuerdo acerca de algo», dijo, «se desplaza como un globo que hinchan otros, hasta que llega un momento en que no cabe en ninguna estancia». El reportero asintió un rato en silencio y cuando le preguntó si sus fans eran árboles o globos, ella dio por terminada la entrevista. Al poco entró el fotógrafo junto a una maquilladora que llevaba un puñado de espaguetis en la mano. Linda se puso en pie para las fotos y el entrevistador se hizo a un lado. La vio levantarse, ahuecarse el pelo y dejarse maquillar; la miró con atención y deseo, pensó que ya se había olvidado de los árboles y los globos, y también de que él estaba allí, qué cosas tan raras decía aquella mujer tan bella. En ese momento dejó caer el chal que le cubría los hombros, cogió los espaguetis y miró al fotógrafo: *«Sei pronto?»*. En el momento en que se disparaba la primera instantánea, la actriz guiñó un ojo al tiempo que partía en dos la pasta. Menos mal que todas las miradas estaban posadas en Linda, pensó aquel reportero, porque en el momento guiño-chasquido notó cómo le bajaba la sangre en una sola dirección y, acto seguido, sintió la tirantez del pantalón al nivel de la entrepierna.

Tiempo después, Linda leyó la siguiente frase en un libro: «Los famosos se convierten a veces en tortugas vueltas boca arriba» y se maravilló ante la manera tan sencilla que tenían algunos escritores —supuso que los buenos— de expresar la confusión que rodeaba algunas vidas. Eso era lo que ella había querido decir con lo del globo a aquel reportero.

Desde que Milko dejó de vivir con ella, le mandaba paquetes con libros, y ella los leía todos, a menudo sin conocer quién los escribía. Ese mismo texto decía que el éxito, más que con la gloria, tenía que ver con la fama, y que la fama era la versión más barata, inestable y artificial del triunfo. Linda cerró entonces aquel volumen para ver quién le estaba hablando al oído, y recordó una conversación con Milko en la que le preguntó su opinión sobre la calidad de la literatura. ¿Quién decidía lo que era bueno y lo que era malo? ¿Los profesores universitarios como él? «Creo que en el fondo nadie lo sabe», le dijo Milko, «pero yo pienso que un buen libro es el que te habla directamente a ti, y tú siempre quieres escuchar esa voz porque no se parece a ninguna que hayas oído antes, y sus palabras tienen una suerte de poder balsámico en tu vida». Ella pensó en su soledad infantil, el silencio que la rodeó siempre en Madrid; cuánto hubiera agradecido tener la compañía de alguna de esas voces curativas susurrándole entonces.

Ocultos tras sus gafas de sol, Lorenzo y Linda bajaron despacito por el camino que salía del hotel y llegaron a La Fontelina del brazo. Linda llevaba un gorro de paja parecido al que se voló de la cabeza de Marcella el día que se conocieron, y una túnica blanca que se ajustaba a su cuerpo solo a la altura del pecho, donde caían las tanzanitas azules del collar. No habían llamado antes de bajar, y Lorenzo se adelantó para captar la atención del *maître*. Se asomó, le preguntó con la mirada, y el viejo camarero respondió con una mueca levantando los brazos: «Cómo no me has avisado de que bajabais, mira cómo estamos de gente». Le señaló una mesa baja frente al mar con dos sillas que eran más bien hamacas. Lorenzo recogió a Linda, pasaron cabizbajos entre los comensales y se sentaron de espaldas en una plataforma tan cerca del agua que algunas olas les mojaban los pies al romper. Pidieron negronis, *prosciutto* con higos, langosta y vino blanco. Lorenzo sabía que detrás de ellos el lugar estaba pendiente de que Linda se girara, saludara y se dejara fotografiar. No sería fácil salir de allí sin que ocurriera algo de aquello. Al acabar de comer, Linda susurró unas palabras al *maître* y luego guiñó un ojo a su amigo.

—No sufras, Loren. No me pasa nada por hacer de Linda Rams de vez en cuando.

Cuando empezó a sonar *Gloria* de Umberto Tozzi, Linda se levantó lentamente, se giró y abrió los brazos frente a los comensales, que aplaudieron y se pusieron en pie cuando ella se quitó la pamela. A las dos mujeres de la mesa más cercana, que tendrían su misma edad, se les llenaron los ojos de lágrimas. Linda hizo una reverencia y lanzó un beso al aire y otro a ellas dos. Quizá eran amigas del alma y llevaban siéndolo toda una vida, tal vez una era viuda y la otra se había mudado con ella.

El personal de La Fontelina se acercó con un puñado de espaguetis, subieron la música en el local y todas las mesas rompieron en silbidos mientras aumentaban los aplausos. Linda le dio las gafas de sol a Lorenzo, indicando a los comensales con gestos que podían acercarse con sus cámaras. Se atusó el pelo, ahora teñido de color castaño y, una vez más, en el edén mediterráneo, con la inquietud de un mar del color de las tanzanitas, a sus setenta y ocho años Linda rompió en dos la pasta cruda y los corazones de quienes la observaban.

En alguna ocasión, alguien había recogido mitades de esos espaguetis y las había vendido por cifras estratosféricas. Su abogado le pidió que dejara de replicar ese gesto en público, pero no resultaba fácil. «Si es completamente inevitable, te tienes que asegurar de que no queda pasta por el suelo». Nada más sonar el chasquido, Lorenzo, siempre partícipe de sus pasos, ya estaba preparado para recoger cada mitad de espagueti y tirarlas al mar. Linda lanzó más besos y señaló en dirección a los *faraglioni*, como hacen los actores al finalizar una obra con los técnicos de luces. Se volvió a disfrazar de actriz legendaria con sus gafas y su enorme pamela y, seguida de Lorenzo, salió estrujando manos ajenas por un pasillito de aplausos al son de Tozzi.

Ya en su *suite*, se retiró a descansar y él se quedó revisando sus notas en la terraza. Se dispuso a reescribir algunas partes;

era mucho lo que tan solo ella conocía. Había partes de su vida que tal vez permanecerían siempre en ese lugar donde existe lo que callamos. «*De verdad, de verdad* no sabemos nunca nada», le había dicho cuando le preguntó si la letra de la *Gloria* de Branigan se había inspirado en ella. Y él estaba de acuerdo, pues también opinaba que desde el deseo más profundo hasta el recuerdo más certero viven en la dimensión de la conjetura.

A los pocos minutos, Linda apareció con un ramo enorme en las manos.

—¿Ya has dormido?

—No conseguía coger el sueño. Y han llamado al timbre para traer esto —dijo dándole las flores—. Es de parte de los comensales de La Fontelina. Pero ¿cómo se habrán organizado tan pronto para mandarlo?

Lorenzo entró en busca de un jarrón. En Capri se conseguían arreglos más alambicados que unas simples flores, pensó él; a Linda en concreto le habían hecho envíos de lo más extravagante a lo largo de los años.

—¿Por qué nunca te has comprado una casa aquí en la isla, Linda?

—Sí que me la compré, cerca de Anacapri, pero ya sabes que nunca me han gustado mucho las casas —dijo sentándose en el sofá—. A veces, en mi piso de Roma, me costaba estar sola y en paz, supongo que por encontrarme en el lugar donde me debía sentir así. Para eso están las casas, ¿no? No solo son un refugio contra el frío y el calor, sino también un lugar seguro.

—¿Y tú no te sentías así en Via Borgognona?

—Solo mientras estuvo Milko. Y especialmente cuando nació Silvia y pasamos tanto tiempo en casa los tres juntos. Antes de eso no, y cuando él se fue y Silvia creció, ya tampoco. Siempre huía a casa de Alvise y Marcella; no me faltaban razones, pero es verdad que tampoco tenía interés por estar en la mía.

—¿Crees que es por eso que decía Leonard Bernstein: «Amo tanto a la gente que me cuesta estar solo»?

—No —dijo—, pero le envidio si de verdad sentía eso. Yo no amo tanto a la gente.

—¿Seguro? —Lorenzo señaló en dirección a La Fontelina.

—No, Loren. No es lo mismo amar a la gente que desear que ellos te amen a ti. Ya sabes que yo peco de eso, pero creo que lo de medio vivir en este hotel es una decisión parecida a la que toman quienes no pueden dormir en la cama, pero sí son capaces de conciliar el sueño en el sofá. Porque a la cama se va a dormir, y esa presión es lo peor para un insomne. Este es mi sofá. En una casa uno se *debe* sentir seguro, o al menos sereno —dijo pensativa—. En fin, que prefiero los hoteles a las casas, qué le voy a hacer —concluyó encogiéndose de hombros—, y los amantes a los maridos.

—Pero nunca te has casado, así que igual te equivocas.

—Es verdad, ¡aunque algunos me lo propusieron!

—¡Me acuerdo! ¿Nunca estuviste cerca con ninguno?

Linda hizo memoria y recordó al señor Serra. En una versión alternativa de su vida quizá sí habrían acabado como marido y mujer, pero aquella no hubiera sido Linda, sino Rita, que ya no existía.

—Creo que no —dijo.

—¿Ni con aquel escritor?

—¡No! Ese fue el peor de todos. Con cada elogio que me hacían, empezaba un monólogo aburridísimo sobre cómo admirarme era un sentimiento muy poco original, porque lo compartía demasiada gente.

—Pero ¡qué imbécil!

—Pobre, no sé si era imbécil. Seguramente solo era pequeñez, y supongo que todos la padecemos un poco —dijo Linda.

Lorenzo asentía mientras colocaba las flores en el jarrón, y por el rabillo del ojo vio que Linda lo miraba fijamente.

—¿Qué pasa? Si no te gusta el ramo, lo bajo a recepción.

—No, no. Es muy bonito. Estaba pensando en lo de la pequeñez. De verdad creo que nos aqueja a todos, pero estaba intentando recordar alguna ocasión en que tú hubieras mostrado la tuya, y no se me ocurre ninguna.

—Si quieres te doy el teléfono de mi exmujer.

Los dos rieron y Linda preguntó por Lorenzino, pero él no quería adentrarse en el terreno de los hijos y contestó con brevedad: estaba bien, seguía trabajando como guionista en Roma.

—No sé si esto es ejemplo de pequeñez, pero hace muchos años ocurrió algo en un cóctel que nunca te he contado —dijo él para cambiar de tema.

Linda abrió mucho los ojos y se incorporó en el sofá para escuchar la historia de su amigo, que exageró las partes más absurdas del episodio con Peppe Sarro, haciendo hincapié en cómo le chorreaba el jugo de camarón por la comisura de los labios, en lo ridículo de pensar que acabaría con la vida de alguien a base de ocultar unas gambas en un bloody mary. El rostro de Linda fue invadido por esa expresión de sorpresa que Lorenzo conocía bien.

—¡El cordero armado con langostinos! —dijo con una carcajada—. Sarro suena tan indeseable como su nombre, así que hiciste bien en amenazarlo con una muerte crustácea, ¡aunque menos mal que no lo mataste, Loren! Me habrías arruinado para sacarte de la cárcel. Pero vaya mariscada nos habríamos comido para celebrar tu libertad.

La segunda tarde de aquella entrevista, la luz diurna parecía no querer retirarse, pero cuando salieron a la terraza con unos negronis, el sol ya había emprendido su falsa travesía al horizonte.

—Linda —dijo Lorenzo cuando se sentaron fuera—. Todavía no hemos hablado de Baz.

Baz era el actor británico Sebastian Gold, más conocido como Baz Gold. Venía de una zona rural cercana a Oldham, una pequeña localidad en el norte de Mánchester, donde creció en una familia marcada por la precariedad postindustrial que azotó parte del Reino Unido. Tras perder sus respectivos puestos en fábricas de hilado de algodón, sus padres tuvieron que buscar otros medios de subsistencia en aquellos páramos fríos de factorías cerradas. Con el tiempo, él consiguió un trabajo como conductor de ambulancias y ella se dedicó a cuidar a los niños de los vecinos.

La familia vivía sumida en la tristeza de haber perdido a su primer hijo. Con menos de un año, el pequeño George padeció una extraña enfermedad en el estómago que le provocó una hemorragia interna a la que no sobrevivió, y aquello marcó la tragedia de esos padres, que pasaron sus días buscando una pizca de felicidad en todos los recovecos de la vida, sin llegar a encontrarla en ningún pliegue.

Baz fue un niño modelo que vivió tratando de alcanzar unas expectativas imposibles, pues el pequeño George, precisamente por apenas haber sido, era el listón más alto que podía existir. La ausencia de su hermano hizo de Baz un niño mustio y taciturno, su infancia toda llena de esa bilis negra que es la melancolía, cuya raíz se encuentra no en el corazón sino en lo más hondo del hígado. No fue un niño abandonado ni maltratado, pero en algún recodo esponjoso de sus entrañas hepáticas vivía la ausencia de George, y ese vacío era una negrura húmeda y perenne que no lo abandonó nunca.

Lo acechó siempre la pregunta de si su hermano murió para que él existiera, de si sus padres lo tuvieron en un intento de rellenar el hueco que su primer hijo había dejado en el hígado de ambos. Por qué George no y él sí. Quién decidió esa atrocidad. Quién habría sido Baz si George Gold hubiese sobrevivido.

—Cuéntame algo de Baz que no sepa —le pidió Lorenzo a Linda.

—¿Sabías que siempre ha imitado muy bien diferentes acentos? Tiene mucha facilidad para los idiomas, y estando aún en el colegio hizo una obra de Pirandello en la que él solo representaba a siete personajes distintos. Es una pena que no quedara nada grabado. Me hubiera encantado verlo actuar de niño, con aquellos ojos verdes tan despiertos y esos mechones rojizos que le caían por la frente; *strawberry blonde* le llaman a ese color de pelo en su país. Siempre me gustó ese término, un rubio afresonado, ese era Baz de joven.

Linda se quedó pensativa un instante porque, aunque nunca lo conoció de niño, había conjeturado una imagen infantil de su amigo.

—Su acento también se hizo célebre en aquella serie en la que hacía de adolescente perturbado —continuó—. No creo que llegaras a ver ningún episodio; no fue muy memorable, pero el personaje al que interpretaba, con aquellos estrambóticos encuentros sexuales en la playa de Brighton, dio mucho que hablar, y *Vanity Fair* quiso hacerle una entrevista para poner en el mapa a ese joven actor en alza.

—Y así fue como os conocisteis, ¿no?

—Y así fue como nos conocimos —repitió Linda—. Aunque en realidad la entrevista nunca se hizo; no sé si te lo había contado alguna vez. Nos citaron en el hotel Berkeley para hacer el reportaje de fotos: Baz como nuevo talento y yo como actriz consagrada; él dándose a conocer con veintitrés años, y yo con treinta y siete y un Oscar a mis espaldas.

Pero aquello que no llegó a darse volvió a alterar el rumbo de la vida de Linda. Cuando aterrizó en la capital británica estaba empezando a nevar, y a lo largo de esa noche previa a la entrevista ya no cesó. Tampoco lo hizo a la mañana siguiente, así que la ciudad se despertó sosegada, cubierta por un manto blanco conocido como la Gran Nevada del 57, un evento meteorológico que convirtió Londres en un escenario de cuento victoriano.

Desde *Vanity Fair* tuvieron que cancelar los planes. Por otra parte, como apenas había claridad en el exterior, la ciudad no apagó las farolas en todo el día. Con la luz amarillenta a lo largo del río y sin obligaciones, Linda se dedicó a pasear; caminó por el muelle de Chelsea, a lo largo del río, y cruzó puentes y parques vacíos que parecían desiertos blancos, como si fuera un personaje de Dickens. Durante aquel vagabundeo solitario, entró a Green Park por Picadilly y se detuvo ante la estatua de una niña y un perro esculpidos en hierro; ambos parecían dispuestos a jugar con un palo, aunque también podía ser una escena de caza. La figura estaba cubierta de nieve, y Linda pasó la mano por la superficie de la base, descubriendo una inscripción de la que solo leyó el año, 1954. Alzó la vista y vio a una niña que la observaba desde una ventana del hotel Ritz. Al ser descubierta, saludó con la manita y corrió a esconderse.

—Pero como la nieve lo anuló todo, no hubo entrevista —continuó Linda—. Pregunté qué había ocurrido con ese joven actor y me dijeron que vivía en casa de algún familiar en Londres, simplemente le avisarían de que ya no era necesario ir al hotel. Lo sentí por él, pues imaginé que un reportaje en *Vanity Fair* con una actriz consagrada habría ayudado a su carrera. Me pasé el día paseando, y solo regresé al hotel cuando me empezaron a doler los pies. Al entrar en el *lobby*, vi a un chico joven de ojos verdes con una cazadora de borrego cubierta de nieve. Se levantó con un respingo nada más verme y se acercó a mí: «*Sei Linda Rams*», me saludó con buen acento italiano juntando las palmas de las manos.

»Baz dijo que no pretendía molestarme —continuó—. El hotel no le quedaba lejos; la casa de sus familiares estaba en lo que llaman The World's End, un fin del mundo que no lo es tanto, pero que sí es el fin de Chelsea. Había querido acercarse para saludarme y disculparse por el inclemente tiempo de su isla, qué nevada tan inesperada, quién hubiera dicho que Londres podía quedar paralizado.

—Me imagino a Baz de joven, hablando con ese tono afable y cariñoso suyo —dijo Lorenzo.

—Sí, sentí un vínculo casi inmediato con él. No era la primera vez que me ocurría; me pasó también contigo, con Marcella y Alvise, con Milko. En algún lugar leí que el mundo se mira una sola vez, en la infancia, y que todo el resto es memoria. Creo que mi mirada infantil pasó tanto miedo que desarrolló una capacidad para arrimarse solo a quienes no van a entrar en erupción.

—¿Es hora de un helado de Buoncore? —preguntó Lorenzo incorporándose.

—¡Cómo lo sabes! ¿Por qué no llamas y pides que nos lo preparen en Villa San Michele? Que nos recojan para subir y te cuento el resto de la historia desde arriba.

Aunque en ese momento ya era un museo, Villa San Michele había sido la residencia del médico sueco y filántropo Axel Munthe, que fue un gran amigo de Marcella y la familia Marioni. Munthe se enamoró de la isla la primera vez que la pisó, cuando era solo un adolescente y, décadas después, cuando se había convertido en un temprano defensor de los animales, se hizo con la propiedad de la villa para evitar que desde ella se siguieran capturando las aves migratorias que pasaban por Capri. Mientras vivió, Marcella y su familia visitaron a menudo a Munthe en su residencia, que se convirtió en un centro de caridad para los más necesitados. Su amiga le había contado a Linda la historia del excéntrico doctor, y siempre le conmovió que aquel hombre que adoraba los animales y el arte por encima de todo hubiera dedicado su vida a curar a quienes no podían permitirse pagar por ningún cuidado. Allí acogió también varias veces a Henry James, a Oscar Wilde, pero sin duda él prefería la compañía de los muchos perrillos que pululaban por la villa; con ellos mantenía largas conversaciones, explicándoles el porqué de la dirección de las aves en el cielo y otros secretos de la isla. Tras su muerte, la casa se abrió al público y, si eras Linda Rams, la cerraban para que disfrutaras de un helado con la mejor vista de la bahía.

Desde lo alto se veía la Marina Grande de Capri y también el Vesubio, amenazando a los napolitanos en la distancia. Esta vez fue Linda quien se acodó en el balcón, retomando el relato de aquella gran nevada londinense.

—Baz y yo charlamos en el bar del hotel. Era un gran admirador de todos los directores italianos del momento. Sabía que estaba a punto de salir *Affacciati alla finestra di Roma*; se describió como colonniano incondicional, un devoto de *I giorni*, que le había gustado incluso más que *Zuccari* —dijo Linda—. Como ese año Fellini había estrenado *Le notti di Cabiria,* le pregunté si le gustaría verla. Los cines estarían cerrados con aquel temporal, pero llamé al equipo de Londres y consiguieron traernos una copia al hotel. El director del Berkeley intentó convencerme de que el único proyector estaba instalado en la azotea para el cine de verano, de que hacía demasiado frío para subir, de que sería imposible proyectarla. —Linda hizo una pausa—. Pero yo ya era Linda Rams, Loren, y de vez en cuando hago muy bien de ella. Aunque en el hotel aún no lo sabían, proyectarían *Le notti di Cabiria* solo para nosotros dos en aquella terraza. Vimos la película envueltos en mantas de lana escocesa, rodeados de nieve recién caída, bebiendo zumo de manzana caliente con coñac para aguantar el frío. Cuando terminó —siguió Linda— no tenía la sensación de acabar de conocer a Baz, y supongo que a él le sucedió algo parecido. Me contó que llevaba noches yendo a Hampstead Heath a encontrarse con otros hombres con los que compartir un instante de sexo anónimo. Yo no sabía lo que era el *cruising*, aunque podía figurarme la libertad que acompañaba a aquella práctica que a mí me parecía aterradora. «¿Y si alguien te intenta forzar a algo?», le pregunté. *«You take your chances»*, me dijo Baz; había sido más terrorífico para él sentir el deseo incipiente por otros hombres en un pequeño pueblo de la Inglaterra rural. Aunque yo entonces no lo sabía, esa era su respuesta a muchas preguntas: *You take your chances*. Me habló de su hermano George, ese bebé que, con su muerte temprana, definió su vida, quizá hasta el punto de hacerla posible. Y yo le hablé de mis hermanos, de cómo ellos marcaron la mía. Aún me sorprende la franqueza con la que compartí aquello. No sé cómo, Loren, pero le conté algo de lo que no había hablado nunca.

—No hace falta que me cuentes nada —se apresuró a decir él—. No voy a escribir sobre tu infancia ni tienes por qué rememorarla.

—Hubo otras ocasiones peores —empezó a contar Linda—, pero siempre recordé esta con el miedo que provoca la anticipación. Una noche mi hermano mayor llegó borracho a casa; yo lo escuché dar un traspié en la entrada, y me dio tiempo a esconderme en un pequeño armario del salón. Tendría unos diez años y tuve que encogerme mucho para caber en aquel espacio donde, hasta hacía unos meses, encajaba sin problema. Desde el minúsculo interior, por el agujero de la llave, lo vi dar trompicones, con la mirada perdida y la cara desencajada por el alcohol y la desdicha: «¡Mostacho! ¡Mostacho de mierda! ¿Dónde estás? ¡No te escondas!». Gritaba buscándome bajo las mesas, haciendo ruido con cacharros de la cocina. Me imagino que mi madre estaría en su habitación, quizá dormida, pero, aunque se hubiera despertado, no habría bajado a indagar qué ocurría en su casa. Mi padre no salía de su cuarto, y supongo que mis otros dos hermanos se habrían quedado dormidos en el pajar. No moví un solo milímetro de mi cuerpo mientras duraron sus gritos; mostacho era yo. Este pelo que antes era tan negro —dijo tocándose el cabello— no estuvo siempre de mi parte. Vi cómo abría el armario grande y me buscaba dentro, cómo se bajaba los pantalones y empezaba a orinar en su interior. En ese estado de embriaguez, perdió el equilibrio y cayó al suelo desplomado. Escuché un golpe fuerte, pero no salí de mi escondite hasta que la casa no estuvo un tiempo en silencio. Mi hermano sangraba por algún lugar de la cabeza; sangre y orín se habían fusionado en aquel enorme charco que olía a óxido y a desgracia. Por el suelo, los utensilios de cocina. ¿Y si le clavaba un cuchillo y acababa con aquella vida miserable? Nunca había sido capaz de matar a los animales de la granja, de cuya muerte dependía nuestro sustento. Mi madre me ordenaba hacerlo, pero yo me pasaba delante de los conejos y las gallinas una hora, dos, allí plantada, llorando, despavorida y petrificada ante su inevitable destino. «Luego bien que te los comes, cobarde de mierda», me decía siempre Ilaria. Cuando vi a mi hermano rodeado de sangre, pensé en los conejos despellejados, las gallinas desplumadas, en cuántas cosas podía ser una vida. ¿Podía Dios matar? Recé por si acaso, pero dudé que escuchara las plegarias de una cría que quería acabar con su propio hermano. Salí del salón muy despacio, deseando que nadie se despertara, rogando para que la ayuda llegara tarde y la muerte lo sorprendiera con la cabeza abierta. A la mañana siguiente oí alboroto; lo había encontrado otro de mis hermanos de madrugada, y en la casa de socorro consiguieron curar la herida.

»Aquella noche en que Londres se paralizó y vimos *Le notti di Cabiria* a la intemperie, le conté esto a Baz en lo alto del hotel Berkeley —dijo tras una pausa— y sentí el escozor de que la vida le hubiera arrebatado al pequeño George la ocasión de tener un pasado, y de que a mi hermano le hubiera dado otra oportunidad para continuar con su existencia desalmada.

Linda miró a Lorenzo, que no había cambiado de postura desde que su amiga empezó a contar. Además de helado, les habían subido una botella de *limoncello* a la terraza de la villa. Ella sirvió dos chupitos y le dio un vaso.

—Por George.

—Y por Baz —contestó Lorenzo brindando al aire.

—Eso, por los hermanos Gold. —Y se lo bebió de un trago.

El 10 de abril de 1968 se celebró la ceremonia de los Oscar; se cumplían cuarenta años de alfombras rojas y premios. La gala estaba prevista para el día 8, pero cuatro días antes asesinaron a Martin Luther King en Memphis. Se podría haber convenido que, dado que el ser humano no dejaba de mostrar su cara más cruel, acabando con la vida de quienes solo reclamaban ser libres, tal vez no era momento de festejar nada. Podría haberse cancelado, pero únicamente se pospuso dos días.

Linda se preguntó si la sangre mana siempre igual, si la que brotó del cráneo del doctor Luther King lo hizo como la de su hermano, creando un charco que se extendiera por una superficie fría. Aquellas hemorragias, en su recorrido, determinaban la vida o la muerte de quienes las padecían; el buen doctor que creía en la libertad, el bebé Gold que no tuvo tiempo de creer en nada. La sangre les arrancó el aliento a ambos, poniendo fin a un relato que marcó la historia de un país, de una familia, de tragedias que reverberarían en otras vidas.

«La sangre llama a sangre», decía Macbeth, que vio sus manos manchadas de culpa; también las de Gloria se empaparon de rojo, y el reguero de gotas permaneció en la piedra inquebrantable de Bomarzo y del recuerdo colectivo. Linda nunca olvidó el momento en que, habiéndose retirado el sol y las cámaras del Sacro Bosco, deshizo sus pasos para recuperar una prenda olvidada en aquel bosque sagrado. De vuelta entre los monstruos pétreos, sola y confundida por el ruido rítmico que le llegaba, trató de apresurarse, y enseguida entendió que lo que oía era el roce de cepillos contra la piedra. Un grupo de mujeres limpiaba en silencio las superficies rocosas; incluso la sangre que no era real insistía en quedarse donde caía.

En 1967 Linda había ganado su segundo Oscar por el papel de Elena en *Elena Lives Upstairs*, su sexta película. Y por eso ese año presentaba uno de los galardones con el ceñidísimo vestido color hueso que pasó a la historia de Hollywood como la prenda femenina más cara en una subasta de Sotheby's, y se convirtió, además, en un icono de la primera ola del feminismo.

Los eventos de la noche se convirtieron en las imágenes más difundidas por la televisión del momento: el actor premiado se acercó al escenario a recoger su galardón y levantó a Linda en volandas con aire celebratorio, dando dos vueltas con ella en brazos, y revelando ante los invitados y las cámaras una mancha de sangre que giró y giró sin que ninguno de los dos fuera consciente de lo que iniciaba. No era el lugar adecuado, pero los ciclos menstruales no saben de eventos sociales, y en ese instante aquella inesperada sangre bajó como un torrente al desprenderse del útero de Linda hasta la ropa interior encorsetada y, acto seguido, empapó el vestido. Tampoco era su momento del mes, pero la premenopausia a menudo muestra sus primeros signos alterando el ritmo de todo y actuando por su cuenta, así que la actriz no tuvo manera de anticipar la llegada de aquellos coágulos extemporáneos.

Antes de que la realidad fragüe un hecho con su concreción, todo podría haber ocurrido de muchos modos: la sangre de Linda podría no haber bajado en ese preciso instante, o no haber calado el vestido; el actor premiado no tendría por qué haberla cogido en brazos y girar con ella como si fuera una peonza. Pero todo sucedió en ese preciso orden, y aquella concatenación de eventos casuales cambió el engañoso rumbo que a menudo creemos llevar.

Linda fue criticada y ultrajada, aunque, al cabo del tiempo, aquella tortilla que es cualquier evento en las vidas célebres se dio la vuelta, y también se la veneró y celebró.

Qué poco cuidadosa, una actriz de su altura, qué manera de hacer el ridículo, se dijo los días posteriores a la gala. Su publicista y su representante se reunieron con ella y le presentaron el plan:

—Si actuamos rápido, esto todavía tiene arreglo, Linda; lanzaremos un comunicado explicando que tuviste un aborto espontáneo en ese instante. El público se compadecerá de ti, y tus admiradores sentirán mucha lástima cuando salgas hablando afligida. Sería mejor si estuvieras casada, pero es lo que hay. Podemos grabar el mensaje en un sofá, y tú recostada con una manta y una infusión al lado.

La actriz, a quien siempre le gustó estirar los límites de la realidad, escuchó aquello sin pestañear y se negó en redondo. El publicista se pasó la mano por el pelo.

—Linda, te van a enterrar. Una actriz como tú no puede ser ahora un icono de la revolución también.

—¿Pero qué revolución? Ha sido mala suerte. Por los nervios o por algún desajuste, no sé.

Él caminaba de un lado a otro, recorriendo el perímetro de la habitación del hotel.

—En cualquier caso tenemos que hacer algo para acallar las voces de los que lo han visto como un acto reivindicativo. Si tu nueva imagen va a ser la de desconcertar a tus fans, entonces hay que preparar el terreno. Pasolini acaba de estrenar *Teorema*. Quizá puedas protagonizar su siguiente película.

Linda negó con la cabeza, incrédula.

—Me encantaría. Pero esto ha sido un accidente.

El publicista la miró fijamente, intentando adivinar si decía la verdad.

—Vale. Pero aun así hay que silenciar a quienes te están llamando guarra por airear tus intimidades —insistió con aquello del aborto espontáneo y ella le pidió que no volviera a mencionarlo—. Pues algo hay que decir. No puede aparecer tu imagen ligada a la menstruación. —Acto seguido levantó la mano porque vio que Linda iba a hablar—: Ya lo sé, ya lo sé, es una cosa natural. Pero tú eres una actriz deseada por hombres, envidiada por mujeres y venerada por todos. Ya nos costó que salieras del embrollo de J. C. Cooper. Algo tenemos que hacer para que el público no te imagine ahora chorreando sangre todos los meses.

A los pocos días, a instancias del agente y del publicista, Linda y Alvise hicieron un comunicado explicando que aquella mancha roja fue malinterpretada por no haber dado ellos suficiente contexto: como sabía el público, el personaje más famoso de Linda Rams era Gloria, la protagonista de *Zuccari*, que, igual que no sabía si los monstruos que la rodeaban eran reales, no distinguía si la sangre que manchaba sus manos existía de verdad o era solo fruto de su mente. Linda patrocinaba asociaciones benéficas presididas por el doctor Guido Dal Lago, cuya lucha consistía en visibilizar el trato que recibían los afectados por la enfermedad mental. Pues bien, ella había querido hacer alusión a esos trastornos en Hollywood, que vivía al margen de aquella importante lucha, manchándose el vestido con sangre falsa.

Todo se vio como el fiasco que fue; un montaje inverosímil que no hizo sino airear aún más lo ocurrido. No tardaron en alzarse voces preguntando por qué no se había elegido que la sangre impregnara las manos de Linda, si se pretendía emular las escenas de *Zuccari*. No hubo nadie que se creyera el sinsentido de aquel comunicado, cuya actuación por parte de ambos fue muy poco convincente. Por qué se había dejado manejar por aquellos dos. Fueron ellos quienes le habían aconsejado, además, que apareciera Colonna con ella como director de *Zuccari*, y Alvise, que frunció el ceño ante la idea, finalmente accedió cuando entendió que Linda iba a prestarse a aquel circo con o sin él.

En su fuero interno, la actriz sintió, además, vergüenza. No había querido utilizar aquella horrible excusa del aborto espontáneo por respeto a las mujeres que lo habían sufrido, a lo que habían perdido, a su propio aparato reproductor. Pero al final había traicionado otra causa importante; había usado el cruel estigma de la enfermedad mental para excusar algo que no era nada, un descuido, un accidente menstrual, un cambio hormonal propio de una mujer de casi cincuenta años.

Llamó a Guido Dal Lago para disculparse por ese comunicado. Como sabía, ella había representado hacía años al personaje de Gloria, pero era muy consciente de que sus pacientes no eran entes de ficción, que sufrían una soledad abismal, que a él le importaban mucho y que habían quedado banalizados en ese circo que era Hollywood a través de su ridículo comunicado para explicar la sangre. ¿Sangre? El doctor no estaba al tanto de lo que pasaba en Hollywood, pero, por lo que le contaba Linda, parecía solo un tema de apariencias. «No te apures, amiga. No sé de qué va el asunto. Y yo agradezco tu patrocinio, pues ya sabes que tu imagen nos ayuda mucho. Esta misma semana han llegado varias donaciones anónimas desde Estados Unidos. ¿Quizá es por esto que me cuentas?».

Linda colgó y sintió la extrañeza de que todo provocara siempre tantas reacciones y sucesos contradictorios.

Ella, que conocía bien la miseria del alma, en el fondo sabía que aquello era solo una cuestión pasajera. Todo formaba parte de la rueda en la que existe la figura pública: Linda Rams está loca, Linda Rams es un mito, el mundo la detesta, el mundo la adora. Eran nubes que iban de paso, le decía Milko, aunque descarguen agua o furia, son siempre transitorias. Y tenía razón, todo era un espejismo, no debía dejarse atrapar, pero algunos escándalos eran como telas de araña pringosas.

La gala de los Oscar de 1968 fue solo el principio de todo lo que conllevó aquella mancha. Poco después del comunicado acerca del origen de la sangre, Linda cambió de representante y de publicista. Llevaba tiempo queriendo hacerlo y, cuando se opusieron a que defendiera en público la sexualidad de Baz Gold, finalmente se deshizo de ellos. El actor había perdido dos importantes papeles en Hollywood tras haber sido fotografiado con maquillaje y ropa de mujer en varios bares del Soho londinense. «¿Era una fiesta de disfraces?», le preguntó la prensa. «¡La vida entera es una fiesta de disfraces!», contestó acariciando el pañuelo de seda que le asomaba por la solapa. En ese instante, a pocos kilómetros, un joven nacido en Zanzíbar que solo llevaba cuatro años en la capital británica veía esa entrevista desde su casa familiar y, cuando todos lo conocieran por el nombre de Freddie Mercury, recordaría que fue Baz Gold quien le susurró a través del viejo televisor que, si la vida era solo un desfile de máscaras, quizá él podía ser quien le viniera en gana.

Italia y España eran una cosa, pensó Linda, pero Londres era diferente. Allí todo iba a otro ritmo. Y con un nuevo equipo a cargo de su imagen, estaba decidida a no desaprovechar el altavoz que le había concedido la vida.

Unos meses después de la gala, en noviembre de 1968, la invitaron al programa de más audiencia de la BBC. El presentador le preguntó por su conexión con el Reino Unido, por la industria del cine británico, mencionó a varios intérpretes, y ella añadió que ninguno se acercaba a Baz Gold.

—Es el actor con más talento de su generación —dijo contundentemente—, y quien diga no verlo estará mostrando su opinión personal acerca de la sexualidad de Baz. En la intimidad de su casa uno puede pensar lo que quiera, pero ya no puede atentar contra la libertad de nadie.

El presentador hizo amago de interrumpir y Linda levantó la mano.

—Corríjame después si me equivoco, por favor, pero tengo entendido que, en este país, el 21 de julio del año pasado, el Parlamento despenalizó las prácticas homosexuales entre adultos. Baz es un adulto. Se relaciona con adultos. No debería afectar a su carrera que esos adultos sean hombres o mujeres.

El presentador se pasó la mano por el pelo que no tenía.

—Señora Rams, muchos encuentran admirable que usted se pronuncie a favor de la libertad de los homosexuales, y de los enfermos y los locos, y que hasta se unte de sangre por la causa. Yo le quería preguntar si no hay en todo ello una maniobra para distraer a los medios del infortunio de tener una hija bastarda.

Ante el amago de interrumpir de Linda, el entrevistador alzó una mano, imitando el gesto anterior de la actriz.

—Corríjame después si me equivoco, por favor, pero el 12 de abril de 1958 nació su única hija, de progenitor desconocido. ¿Debemos entender que tampoco usted sabe quién es el padre?

En un momento que pasó a la historia de la televisión moderna, Linda permaneció unos instantes en silencio, con una mirada que emanaba algo parecido a la clemencia.

—Sé lo más importante de él: que no es usted, que en mi vida no orbitan ya hombres tristes ni pequeños.

Levantándose con parsimonia, se quitó el micrófono y, ya de pie, le pasó la mano al entrevistador por su cabeza pelona. Sin volumen en la voz y con una sonrisa bailándole en los labios, articuló mirándolo a los ojos:

—*Go fuck yourself.*

Aquello revolucionó el mundo del espectáculo y de los directos, aunque a Linda le pareció comedido. Al fin y al cabo, Alvise había dicho eso mismo bien alto catorce años antes, dirigiéndose a Coop durante la presentación de *I giorni*. Pero no faltaron quienes la tacharon de vengativa, de zafia, de histérica, ese peligroso término de origen uterino que tantas veces le habían dirigido.

Sin embargo, aunque fuera lentamente, el mundo (algunos mundos) tal vez sí estaba cambiando.

Cuando parecía que 1968 había sido convulso, llegó 1969, año en que Baz Gold ganó el Oscar al mejor actor de reparto por su papel en la comedia *We Didn't Know* y, para entonces, era sabido por todos que Linda y él eran íntimos.

Semanas antes de la ceremonia, el representante de Baz se presentó en su casa con un contrato donde se especificaba que no iría a la gala vestido de mujer. Tenía que firmar aquello, lo pedía la productora; habían sido muchos los escándalos nocturnos, las fotos en el Soho, y encima esa amistad con Linda Rams, que no hacía más que recibir críticas desde la mancha de sangre, y que ahora estaba desaparecida tras la entrevista en la BBC. «No te hizo ningún favor aquello, Baz», le dijo su representante, «porque una cosa es esto de la homosexualidad, una tendencia que algunos van aceptando, por más rara que sea, y otra muy distinta es acosar a un actor joven como hizo Rams, que te encierren en un loquero, y luego ir por ahí sangrando y pariendo hijos de cualquiera». Tenía que limpiar su imagen, le dijo. Estaba nominado a un Oscar y se le abrirían muchas puertas si jugaba bien sus cartas. Baz no respondió, firmó el contrato y le mostró lo que pensaba llevar puesto a la gala: un chaqué blanco con pajarita colorada, zapatos rojos con purpurina y una chistera a juego. El representante observó el atuendo y lo miró a los ojos: «¿Seguro? Es una excentricidad. Pero es verdad que no es ropa de mujer».

Cuando anunciaron su nombre en la gala, Baz Gold se quitó la chistera y se levantó. Al descubrirse el cabello, le cayeron los mechones rubios afresonados que habían permanecido ocultos hasta entonces; se pintó los labios de rojo ante la cámara que lo enfocó, se deshizo de la chaqueta e inició el descenso al escenario. El inmaculado traje blanco y la melena rubia sirvieron de lienzo para la enorme mancha roja a la altura del culo que, hasta ese momento, había quedado oculta bajo la cola del chaqué.

Los invitados señalaron y murmuraron, las cámaras enfocaron el rojo de la mancha y, cuando Baz llegó al escenario, tragó saliva y un poco de bilis negra al recoger su galardón. Se colocó el pelo detrás de la oreja y, con el carmín recién aplicado, le plantó un beso a la estatuilla en los genitales que no tenía: «Quiero dedicar este galardón a mi hermano George, que nunca tuvo la oportunidad de ser, y a todos los que luchan por ser quienes son. La libertad es terapéutica».

Desde lo alto de Villa San Michele, Linda y Lorenzo divisaban el extremo más oriental de la isla; al fondo, la bahía de Nápoles y, en dirección oeste, el sol mullido aumentando de tamaño. Una ráfaga de viento levantó del suelo unas flores de buganvilla recién caídas, creando un remolino ascendente y reactivando el relato de aquellos días.

—¿Te arrepientes de no haber estado en la siguiente gala, la de 1969? —preguntó Lorenzo.

—No. Llevábamos un año complicado; la mancha del vestido trajo una larga estela, la entrevista de la BBC también, y la pobre Silvia no entendía nada; fueron episodios rodeados de confusión para ella. Entonces no fui consciente de cuánto le afectó; sus compañeros escucharían cosas en casa, y ella me hacía preguntas delirantes al llegar del colegio: si no tenía papá porque yo lo había matado, si la sangre de mi vestido era la del papá muerto, si me había salido sangre porque yo estaba muerta por dentro y no podía tener bebés… «¿Por qué no te limpiaste la sangre antes de salir a dar el premio, mamá? ¿Me dejarás ir a vivir con mi papá? ¿Cuándo lo voy a conocer?». Cada una de aquellas preguntas me pesaba más que la anterior. Me creí tanto mi propia leyenda que no fui capaz de ser Linda Rams y a la vez una madre para ella. En aquel momento tendría que haberle explicado más cosas, pero era una niña, y yo tenía miedo de que aireara nuestra vida delante de sus compañeros si se la contaba, que lo entendiera todo al revés y me odiara. Tengo la sensación de que llevamos sin hablar desde entonces. Aunque no desapareció hasta mucho después, todo empezó a torcerse en esos años. ¿No es un fracaso?

—¿El qué?

—Haber sido capaz de salir de todas las situaciones escabrosas que me ha presentado la vida, menos de esta.

—Linda, no te tortures. —Lorenzo le apretó el brazo con afecto.

—Ha sido como una de esas profecías autocumplidas —continuó—. El miedo a que ocurriera justamente lo que al final ocurrió me llevó a actuar de tal forma que fui yo quien provocó que sucediera así. Y aquí estamos —dijo con un suspiro.

—Sí, aquí estamos —repitió Lorenzo—. Ya sé que han pasado muchas cosas, pero mientras sigamos vivos seguirán pasando. ¿Te acuerdas de la noche de la gala? —preguntó, volviendo al recuerdo compartido—. ¡Para mí fue inolvidable!

—Lo fue para todos —dijo Linda—. En aquel momento yo estaba intentando dejar atrás el tema de la mancha, por Silvia, así que una parte de mí hubiera preferido que la gala se sucediera sin más escándalos. Pero aquella sangre ya no era solo mía. Estábamos en el 69, había habido varias protestas feministas, y también a favor de la libertad sexual, y hubo cientos de manifestantes que salieron a las calles con el culo pintado de rojo. Supongo que alguno ni siquiera sabía a cuento de qué —dijo—. Un día, en el coche, Baz me contó cómo iba a vestirse para la gala, y le pregunté si lo había pensado bien. Si ganaba el Oscar y bajaba al escenario así, la imagen marcaría el resto de su carrera.

—¿Y qué te dijo?

—*«I'll take my chances»* —respondió—. Y como aprovechaba cualquier oportunidad para rememorar diálogos de Fellini, citó a Marcello Mastroianni en *8 ½*: *«Ma perché sorridi cosí? Non si capisce mai se giudichi, se assolvi, se mi stai prendendo in giro».* ¿Recuerdas ese momento en la película? «Pero ¿por qué sonríes así? No se sabe nunca si juzgas, si absuelves, si me estás tomando el pelo».

—¡No me acordaba!

—Lo dice Marcello en el coche; él conduce y Claudia Cardinale va de copilota. Es una escena cargada de magnetismo y silencios. ¡Qué mala memoria, Loren! ¡No te olvides de las cosas importantes!

—¿Qué pasó al final la noche de los Oscar? —preguntó asintiendo.

—Pasó que Baz tenía que ser Baz, y se lo intenté explicar a Silvia, adaptándolo a la realidad de una niña de once años: «¿Te acuerdas de la mancha en el vestido de mamá? ¡Pues ahora el tío Baz también va a salir por la tele con el culo rojo!». Me preguntó si lo hacía para parecerse a mí. «Bueno, Baz quiere ser como él es, mi vida, no como le mandan que sea. Y si uno quiere pintarse el culo de rojo, debe ser libre de hacerlo». Como era de esperar, ella exigió hacer lo propio y pintarse también el culo. Pobre Silvia…, siempre quiso ser parte de la fiesta. Le dije que adelante, claro, y que luego veríamos a quién le había quedado mejor.

—Recuerdo llegar a Via Borgognona con Marcella y Alvise ya de noche. Con la diferencia horaria, terminamos muy tarde —dijo Lorenzo—. Y Silvia encantada de no tener que irse a la cama.

—Sí, estaba entusiasmada con aquello de que solo ella y yo supiéramos cómo iría vestido Baz.

—Oye, ¿y si no hubiera ganado?

—Lo habría mostrado al terminar la gala, aunque no habría sido tan impactante. Pero sí ganó; y esa imagen de Baz bajando las escaleras vestido de blanco, con la melena rubia recién descubierta y el rojo de la mancha, fue un espectáculo insuperable.

—Tengo el instante grabado como si fuera un vídeo a cámara lenta: Alvise quitándose las gafas y murmurando: *«Bravo, Baz»*, Marcella abrazándote con los ojos llenos de lágrimas y Milko, que tenía encima a Silvia, con expresión atónita cuando la niña empezó a saltar enseñándonos el pantalón pintarrajeado de rojo: «¡¡Yo ya lo sabía, yo ya lo sabía!!».

Desde el promontorio de Villa San Michele se podían ver los gansos migrantes que cruzaban el cielo de Capri, los mismos que Axel Munthe insistió en proteger. Linda siempre subía con la esperanza de que cruzase una bandada cuando estaba allí arriba. Al parecer, eran aves que volaban con el destino grabado en su ADN, o quizá en su instinto. De puro poético parecía un cliché: migraban hasta el otro lado del mundo, cruzando océanos y continentes, sin dudar nunca de la dirección que llevaban. En ese momento se los veía acercarse en forma de uve hacia la costa, decididos a sobrevolar las cabezas de los dos amigos, que alzaron la vista al cielo para verlos pasar.

—Hay un poema sobre gansos que a Milko le gustaba mucho —dijo Linda de repente—. No lo recuerdo bien, pero terminaba con la imagen del universo reclamando al lector a gritos, como lo interpelarían unos gansos salvajes, decía, la vida graznando alto para recordarte que aquí tienes tu sitio, que hay un espacio para ti en la familia de las cosas, algo así —calló un instante y siguió con la mirada las aves del cielo—. ¿Tienes hambre, Loren?

—Un poco sí.

—Estamos cerca de Da Paolino. Podríamos cenar bajo los limoneros.

—¿Como si fuéramos célebres artistas de los años cincuenta?

—Podemos fingir que lo fuimos —respondió Linda.

Da Paolino tenía un acceso lateral, y Lorenzo pasó primero él solo para avisar de que venía con Linda, y así entrar con discreción. Al sentarse, ya tenían en la mesa dos *Paolino spritz*. El comedor era un frondoso patio de limoneros, los árboles abarrotados de frutos en estado de gracia, con aspecto más dulce y dichoso que los del continente.

Como siempre que cenaban allí, Linda pidió *spaghetti alle vongole* y Lorenzo *paccheri allo scarpariello*. El chef salió a saludar cuando le dijeron que estaba Linda Rams, y ella se acercó a darle un abrazo, mostrándose encantadora y pletórica. Lorenzo la observaba desde la mesa: Linda podía estar cansada, sentirse afligida o abrumada, pero nunca perdía aquella capacidad innata e inmensa para desplegar la mejor versión de sí misma.

Cuando se sentó, empezaron a escucharse los primeros acordes de Queen, seguidos de la voz de Freddie Mercury cantando *Hammer to Fall*. Linda se giró y vio al chef asomado a la puerta, guiñándole un ojo, mientras esperaba una reacción de la actriz, que le lanzó un beso desde el sitio y se volvió hacia Lorenzo.

Baz Gold y Freddie Mercury habían forjado una tardía amistad a principios de los ochenta. Quince años después de que Baz tuviera que firmar aquel documento asegurando que no iría vestido de mujer a los Oscar, la MTV obstaculizó la difusión en Estados Unidos del videoclip de Queen que acompañaba al tema *I Want to Break Free*, en el que los miembros de la banda, parodiando la telenovela británica *Coronation Street*, aparecían ataviados con prendas femeninas. Durante todo aquello, Baz apoyó a Freddie públicamente, y en los últimos años de la vida del músico se estrechó el vínculo entre ellos.

—Hacía tiempo que no escuchaba la canción —dijo Lorenzo.

—Yo pongo de vez en cuando el disco a modo de pellizco, como esos que te das para asegurarte de que no estás soñando. Si pasara demasiado tiempo sin escucharla, empezaría a dudar de si aquello ocurrió de verdad.

El 13 de julio de 1985 se celebró en Londres un evento que marcó la historia de la música, el concierto de Live Aid en el estadio de Wembley. Freddie Mercury llevaba tiempo apartado de su banda, exprimiendo el jugo de una vida que se había convertido en lucha, contra los prejuicios, contra su organismo, contra la enfermedad que lo arrastraría.

—Los momentos apoteósicos son siempre fruto del inconsciente —continuó Linda abstraída—. El tiempo que estuvo

Queen subido al escenario en Wembley sentí el impulso de la humanidad como un torrente involuntario. Freddie había invitado a Baz a verlo entre bastidores y le dio dos pases extra. ¿Te acuerdas? Fue un instante que me arrebató los sentidos: todo el público de su parte, cantando con él, sintiendo su voz, su miedo, su energía y su capacidad de tomar el pulso a más de setenta y dos mil personas. Le habló a cada una de ellas, Loren, y todas repitieron con él aquellas notas. Justo antes de empezar a cantar *Hammer to Fall*, sacó a Baz al escenario. Hicieron una reverencia de la mano y se quitaron a la vez los pantalones vaqueros, mostrando al público los calzoncillos blancos teñidos de rojo. Habían pasado diecisiete años desde que yo manché el vestido, y fue un delirio ver a esas dos glorias británicas cantar ante la muchedumbre, decirles, con aquel furor y con toda la historia que albergaban, que seguirían luchando. Desde la parte oculta del escenario sentí el son de cada uno de aquellos corazones latiendo con el pulso que marcaban Freddie y Baz.

—¡Y luego saliste tú!

—¡¡Sí!! ¡Me sacaron ellos! El tiempo que estuve ahí arriba fue como una descarga eléctrica. Los actores no presenciamos esas masas de la misma manera. Solo fueron unos minutos, pero de pie ante aquel enjambre humano, de la mano de Baz y Freddie, sentí la vida en estado puro.

Lorenzo llevaba un rato sin probar bocado, observando a Linda, que no solía emocionarse con sus propias historias, pero que metió la cabeza entre las manos y se atusó el pelo para recuperarse de la intensidad del recuerdo.

Para entonces, la imagen de la sangre ya se había convertido en un símbolo de la liberación de la carne, del derecho a vivir el cuerpo como a cada uno le viniera en gana. Alvise y Marcella, arduos defensores de la libertad, vieron el concierto tomados de la mano y colmados de emoción en su salón de La Tana. Marcella se emocionó al comprobar aquello en lo que se había convertido su amiga, y no pudo aguantar el llanto al verla frente a la masa de gente que la aclamaba. Milko asistió al espectáculo con su acostumbrada benevolencia ante la vida de los otros, y Lorenzo lo vio retransmitido desde su sofá. Linda le había dicho que no se lo perdiera, que intervendría Baz, pero que no dijera nada, porque era una sorpresa y nadie lo esperaba.

Él sabía que Baz Gold y Freddie Mercury usaban el megáfono que la vida les había dado, así que sospechaba que la sangre haría alguna aparición si iban a salir juntos. Pero no imaginaba que sacarían a Linda. Su joven amigo, que ya no era tan joven, la contempló incrédulo ante esa oleada humana, que enloqueció al verla. En ese instante la vio con los ojos de la mente, con el vestido de vuelo durante su primer encuentro en el hotel de Roma; entonces ya emanaba aquel vibrante esplendor que desprendería toda su vida. Pero en aquel momento, en el concierto más célebre del siglo xx, una Linda Rams de sesenta y cinco años se plantó ante los ojos del mundo con una sonrisa que acaparó y aunó a la humanidad y, desde su salón, con los ojos empañados, el cordero musitó: «*Ecco, Linda!* No te dejes atrapar».

—Termínate los *paccheri*, Loren —le dijo ella señalando el plato—. Y cuando acabes te cuento algún otro recuerdo, menos exaltado, sin duda, pero que también me viene a la mente cuando pienso en los inesperados hilos que nos unen a los demás.

Con un gesto exagerado, Lorenzo pinchó la pasta que le quedaba y se llenó la boca, listo para la siguiente historia, y a Linda se le escaparon una carcajada y unas gotitas de *spritz* al verlo con los carrillos hinchados. Se incorporó levemente, acercándose al centro de la mesa.

—No sé si recuerdas que, cuando Silvia era pequeña y veníamos a Capri, le encantaba bajar a la playa. Aquí no hay muchas zonas de baño para niños, pero yo intentaba darle el capricho de ir a alguna calita cuando me lo pedía; hacíamos castillos en la arena pedregosa y jugábamos en la orilla. Milko solía venir con nosotras, pero una vez, durante uno de sus viajes a Praga, Silvia me dijo que echaba de menos los guisantes con patatas que él le hacía para cenar. Le pregunté cómo los preparaba y me respondió que no lo sabía, pero que era su plato preferido y que, como él no estaba para cocinarlos, podríamos *jugar* a guisantes con patatas. Estábamos las dos de pie en la orilla, con los pies en el agua, y me explicó en qué consistía el juego. «Tienes que cerrar los ojos, mamá», dijo muy seria, «y luego caminas por la playa sin abrirlos y vas por donde yo te diga. Yo te guiaré bien para que no tropieces y tú tienes que confiar en mí y seguir mis instrucciones».

—¡Recuerdo veros jugar a eso en la playa!

—Sí, aquella primera vez ella tendría seis o siete años, pero luego jugamos muchas más. No sé por qué me sentía tan cerca de ella durante aquel juego; nos unía un hilo invisible cuya continuidad nunca conseguimos recuperar después. En algún momento dejamos de jugar, pero no recuerdo bien la razón.

—Quizá porque Silvia se hizo mayor.

—Puede ser, pero me suena que pasó algo. O tal vez simplemente creció.

—Pero ¿por qué guisantes con patatas? —preguntó Lorenzo.

—¡Nunca lo supe, Loren! Ese juego era como nuestro secreto, pero, aunque le pregunté una y otra vez, no me dijo el motivo del nombre, ni tampoco qué tenía que ver con las cenas que le preparaba Milko. Qué sé yo —dijo encogiéndose de hombros—, uno de tantos misterios.

Linda y Lorenzo terminaron la noche frente a los *faraglioni*, en unas hamacas que habían quedado olvidadas junto al mar. Delante de ellos había unas lanchas en las que estaban filmando algún *spot* publicitario bajo la luna de Capri. Linda observaba los torsos de aquellos hombres jóvenes tirándose a un mar oscuro, su piel tersa, rasurada al milímetro, suave como la de una mujer. Desde la lancha llegaba la voz de Maria Callas interpretando *L'amour est un oiseau rebelle*; era una ópera que Linda escuchaba a menudo, aunque ninguno de los dos reparó en que, hacía cuarenta y seis años, sonaba también en la habitación del Baglioni Regina de Roma, en el instante de conocerse.

Recostada en aquella hamaca, con el agua como principal elemento en su campo de visión, Linda pensó en *Morte a Venezia*, en la agonía del viejo Aschenbach. Nunca leyó la novela de Thomas Mann, pero siempre recordó el final de la película de Visconti, en la que un abatido Aschenbach lucha por permanecer vivo junto a la juventud de Tadzio, anhelando que lo envuelva la belleza. Pero le pisan los talones la epidemia y la enfermedad y, consternado, sucumbe a la muerte en esa playa que se vacía por momentos.

Linda sabía que el final se avecina de manera inesperada, ante paisajes hermosos, entre bellos recuerdos, y esperaba que, llegado el momento, aún la llamaran los gansos salvajes, que la muerte no la expulsara de esa familia de cosas. Sería materia orgánica, formaría parte del orden y el caos del universo, y muchos la recordarían, aunque fuera como Gloria, rodeada de monstruos, con las manos cubiertas de sangre, con una mancha roja en un traje blanco, como el que llevó Baz, como el último que vistió Aschenbach. Existiría en estado gaseoso, pero la invocarían, así que aún no sería olvido.

SEGUNDA PARTE

La indiferencia es un sentimiento casi opuesto al odio; este último, que existe a base de encono y ojeriza, es muy activo. Cuando odiamos, el sujeto malquerido ocupa un espacio y un tiempo considerables. La indiferencia, en cambio, está hecha de desapego, apatía, indolencia. Toda una ristra de sustantivos precedidos por *des-, a-, in-,* esos prefijos de negación que denotan mengua, y que llegan cuando se nos escabullen el apego, el pathos y la dolencia.

De pequeña, Silvia sintió un gran resentimiento hacia su madre. Como era un pesar activo, pensó que sería odio: el protagonismo ubicuo de Linda, esa fuerza centrífuga a su alrededor, su facilidad para una risa que lo acaparaba todo. Sintió, además, una suerte de agravio hacia el rol de madre que había desempeñado con ella, un papel en el que ponía muy poco esfuerzo, pensó siempre su hija. Hizo mucho mejor de madre de J.C. Cooper en *I giorni*. Aquella sí fue una madre devota. Claro que fuera de la pantalla aquel hijo era su amante.

Pero el tiempo lo transforma todo, desde la corteza del pan hasta la piel del rostro, pasando por los pesares de la infancia. Y en 1998 Silvia vivía alejada de los focos y los agravios que marcaron su niñez.

En esta historia, la suya, ella era por fin el personaje principal, y su papel de hija figuraba solo como lo hacen las marcas del pasado de cualquier protagonista. Que Linda no le hubiera revelado nunca quién era su padre, que creciera rodeada de prensa y escándalos y nada girara nunca a su alrededor, todas eran ya circunstancias pretéritas.

Ahora Silvia Silverstone vivía frente al mar. Se había instalado en un antiguo molino de viento cerca de la playa negra de Ficogrande, en la costa noreste de la isla de Estrómboli. Alquilaba las dos habitaciones de la planta superior de la casa, y solía levantarse temprano para preparar el desayuno a sus huéspedes y salir a la terraza mientras los demás dormían. Desde allí divisaba Strombolicchio, ese peñón solitario a dos kilómetros de la costa. Había llamado a su molino Casa Asa Nisi Masa, una suerte de acertijo que sus vecinos nunca atinaban a decir bien.

Silvia no era extranjera, aunque allí la trataban como si lo fuera, porque era una urbanita que desembarcó en la isla buscando el contraste volcánico que idealizaban los forasteros: la arena negra y rugosa, las casas blancas y suaves, el viento enfrentándose a la lava densa y lenta. Pero, a diferencia de las turistas del norte, ella no llegó con la piel transparente y una mochila a la espalda, sino con dinero para comprar el viejo molino y convertirlo en un pequeño hotel. No hacía vida con los vecinos, pero siempre era cordial; una vez a la semana la veían coger su barca y bordear la costa hasta llegar a Ginostra, la población en el otro lado de la isla, a la que no se podía llegar más que por mar debido a lo intransitable del volcán.

Desde que vivía en Estrómboli, Silvia tenía la piel tostada por el viento y el sol, las uñas descuidadas y el cabello muy largo, siempre recogido en el cogote con una pinza de la que salían pelos en todas direcciones. A pesar del aparente desaliño, su ropa era cara, con buena caída, y combinaba a la perfección con sus andares flotantes. Además del molino renovado, también eran de su propiedad una lancha y una moto vieja con las que se movía por la superficie líquida o pedregosa de la isla. No se la veía nunca sin su fiel compañero, Dai, un perrillo blanco como las casas de Ficogrande.

Hay encuentros inesperados que solo ocurren bajo un cielo de tormenta. Al poco de llegar a la isla, un día de temporal, Silvia bajó al muelle para comprobar que la barca seguía en su sitio y descubrió al perro en el embarcadero, durmiendo encima de unos cabos. Iba despistada y se sobresaltó al ver que algo se movía; el perrillo alzó la cabeza y Silvia le sonrió instintivamente. En ese momento se acercó una barca con intención de atracar y, desde el mar, el hombre al timón espantó al animal gritando «*dai, dai*». No habría hecho falta decir nada porque los perros reconocen cuándo alguien los repudia. El animal se incorporó y echó a correr; Silvia lo vio alejarse y detestó al hombre de la barca, que la desnudó con la mirada y le hizo un gesto obsceno.

Ese día, de camino a Ginostra, pensó en el perrillo asustado, en cuántas veces le habrían lanzado ese despreciativo «*dai*» para echarlo de los lugares donde buscara cobijo o comida. Por la noche, de vuelta en su casa, escuchó algo desde la terraza y bajó a investigar. Se lo encontró tumbado a la puerta, hecho un ovillo, y bajó hasta su altura. «Hola, bonito, ¿cómo te llamas?», dijo acariciándole la cabeza. «¿Te quieres llamar Dai y empezar de nuevo?». Al día siguiente lo desparasitaron, lo ducharon, y salió del veterinario con un collar rojo y sin ninguna duda de que Silvia era su mundo.

No siempre había huéspedes en el molino y, cuando se ocupaban las habitaciones, solía ser con viajeros tranquilos y solitarios. Silvia había contratado a dos mujeres de Ficogrande para que se encargaran de la limpieza y el abastecimiento. Su única interacción con los clientes era a la hora del desayuno, que servía en la terraza, un espacio destartalado solo en apariencia, frente a un mar cuyo azul siempre le recordaba a las tanzanitas de su madre. *È l'azzurro che è il suo ricordo. Ma solo l'azzurro evidentemente non può bastare, l'azzurro non è che una parte»*, pensaba muchas mañanas. «Es el azul lo que recuerda. Pero solo el azul evidentemente no puede bastar, el azul no es más que una parte».

Esa tarde del verano de 1998, Silvia salió apresuradamente, con las llaves de la moto, de la lancha y de la casa: «Vamos, Dai, vamos, que llegamos tarde». Dai se había acostumbrado a subir con ella a cualquier vehículo y, tras el breve trayecto por tierra, la esperaba en el muelle, sentado en el borde mientras ella desamarraba la barca, y después subía de un salto. Todos los martes iban al otro lado de la isla para que Silvia acudiera a una sesión con el doctor Otto Marino, un psicólogo que pasaba consulta en el centro de Ginostra una vez por semana.

—¿Qué es para ti la indiferencia? —le preguntó Marino, y acto seguido se escuchó el bostezo de Dai, que se desperezó a los pies de Silvia.

—Debes de estar aburrido de mis historias, que siempre son las mismas. Mira qué sueño le dan a Dai.

Otto Marino era un psicólogo siciliano afincado en Salina cuya carrera científica alcanzó su pináculo durante el tiempo que pasó investigando en el Max Planck Institute de Berlín, pero, como a muchos profesionales del sur, llegó un momento en que se le presentaron dos caminos. En su caso, Otto sorteó el que conducía al prestigio y tiró por el que lo llevaba al mar cada mañana. En otra versión de su vida, no se fue nunca de Berlín, y su nombre era un referente en terapia cognitivo-conductual. En esa existencia alternativa llovían invitaciones a prestigiosos congresos y también gotas frías de un cielo nublado; sus noches se sucedían una tras otra, solitarias, frente a una pantalla de ordenador, con la mente siempre encendida. En la que acabó siendo su vida, sin embargo, no llovía casi nunca; tenía pacientes isleños y le cegaba el sol del mediodía. Las noches eran siempre ruidosas, porque al volver de Alemania se reencontró con su amor de juventud y tuvieron tres hijos varones que, cuando no jugaban al fútbol en el salón, estaban apoyando al Napoli frente a la televisión.

—No sé —continuó Silvia—. ¿No es la indiferencia un estado al que se llega después de todo lo demás? Mi vida ha estado mediatizada por el éxito de mi madre. He estado resentida con ella, la he envidiado, anhelado, extrañado…

—¿Y ahora?

—Pensé que, al no verla, podría vivir sin que todo pasara por ella, y que esa nueva situación me permitiría sentirme un poco más indiferente. Pero llevamos mucho tiempo sin hablar… y creo que no ha sido así.

—¿Has hablado con Milko últimamente?

—Sí, pero no de mi madre. Prefiero no preguntarle por ella.

—¿Por qué no?

—No sé, porque me siento culpable de haberme escondido aquí y que ella no sepa dónde ni cómo estoy. Me la imagino asomándose a su terraza todas las tardes, sin sospechar que estoy en la isla de enfrente, a unos cuantos nudos náuticos, viviendo al lado de uno de esos volcanes que tan poco le gustan. Aunque tampoco me ha buscado. ¿No haría una madre todo lo posible por encontrar a su hija? ¿Tú crees que me he escondido aquí para ver si viene en mi búsqueda?

En ese momento Silvia respiró hondo y Dai le puso el hocico en las rodillas, mirando hacia arriba, con la parte baja de los ojos en blanco, haciendo de su expresión la de un perrito de dibujos animados.

—¿Sobre qué hablaste con Milko? —preguntó el doctor Marino.

—Sobre Cenzo.

—¿El chico de los martes?

Silvia había conocido a Cenzo un martes, al salir del supermercado en el que hacía la compra tras la sesión con Otto. Entablaron conversación porque los dos tenían perrillos que los esperaban atentos a la puerta. Cenzo era un hombre de sonrisa espléndida y carácter afable; le gustaba secar tomates al sol, ver tomas falsas de sus películas preferidas y ayudar a su perro Floro a escarbar hoyos en la arena. Era gerente de un pequeño hotel en ese lado de la isla, aunque al acabar el verano se trasladaba al norte de Italia, donde pasaba la temporada de invierno trabajando como instructor de esquí en los Dolomitas.

Como otra gente a la que Silvia trataba en Estrómboli, Cenzo vivía al día, aprovechando la hora de comer para darse un chapuzón en las rocas, disfrutando del aura que rodeaba al volcán, de las cervezas frías cuando se ponía el sol. Después de ese primer encuentro, comenzó una relación perfecta para Silvia: él vivía en Ginostra y ella en Estrómboli, el volcán los obligaba a verse solo cuando ella cruzaba al otro lado de la isla, y aquello no solía ocurrir más que los martes. Tras la sesión con Otto, paraba a hacer la compra y después pasaba siempre por su casa. Durante esas visitas no solo cubría necesidades carnales, también se asomaba sin apenas riesgo a la brecha que se abría en su existencia. Si esa estancia volcánica no fuera en realidad una huida, Cenzo podría ser su cómplice; si no se hubiera escondido en ese molino, podría ser su hogar; si ella no fuera Silvia Silverstone, en fin, aquella podría ser su vida. Y algunos días le parecía que lo era.

—Sí —dijo Silvia—. El chico de los martes. Milko me preguntó si había conocido aquí a alguien y le hablé de él. Le hizo mucha gracia oírme hablar de un hombre sin intención de sufrir por él como una bellaca. Pobre Milko. Como mi madre no estaba presente para mis pequeños dramas, fue él quien los soportó todos, incluyendo la primera vez que me enamoré. ¿Te lo he contado alguna vez? —preguntó divertida.

—Creo que no —dijo el doctor.

—Una noche Milko se dio cuenta de que yo pululaba por la casa triste como una rata y me convenció para que le contara qué males me aquejaban. Le expliqué la agonía que estaba viviendo con dos compañeros del colegio, Fran y Tito. Fran era dulce y encantador, un chico bellísimo, de mirada intensa y actitud solícita, y me había dicho que yo era el amor de su vida. Pero yo estaba empecinada en conseguir el amor de Tito, que no tenía nada de dulce y que, si acaso, era un poco déspota. Con aquellos mechones rubios que le caían por la frente daba la impresión de estar siempre tramando algo turbio. ¿Por qué me había encaprichado del peor de los amigos? Entonces Fran pasó a odiarme, pues no solo no correspondía su amor, sino que además ansiaba las atenciones de su mejor amigo. Era un drama sin importancia, teníamos quince años y todo quedaría en nada, pero Milko me escuchó con atención y me contó, como si me revelara un secreto, que los seres humanos llevábamos siglos sufriendo los unos por los otros, sobre todo cuando a las hormonas les daba por danzar ante el amado y este nos desatendía, y que sobre un dilema muy parecido había escrito hacía más de trescientos años una religiosa llamada sor Juana Inés de la Cruz. Quizá me engañe la memoria, pero recuerdo a Milko recitando decenas de poemas y textos, como si conociera uno para cada situación de la vida, y muchas veces me animaba a aprendérmelos. «Ante el desamor, hay que buscar siempre un quehacer, y con este ejercitarás la memoria». —Silvia recordó con gracia el remoto consejo—. Hace años, pero tal vez incluso recuerde algo del poema que me enseñó ese día, porque lo repetimos muchas veces… Supongo que hasta que me vio tan concentrada en la memorización que me olvidé de mi tormento. —Y sin añadir más cerró los ojos con fuerza, rebuscando en su memoria—. «Al que ingrato me deja, / busco amante; / al que amante me sigue, / dejo ingrata; / constante adoro a quien mi amor maltrata; / maltrato a quien mi amor busca constante». Aún seguía, pero no me acuerdo de más —dijo. Y acto seguido miró al doctor—. ¿Por qué crees que pienso más en ella últimamente?

—¿En tu madre? Quizá porque ya ha pasado el momento inicial de haber desaparecido de su vida, o tal vez por el fallecimiento de sus amigos.

Sí, pensó Silvia, el fallecimiento de quienes fueron como sus padrinos, como sus tíos, a los que quiso como si fueran sus padres. Su madre construyó esa extraña familia a base de seres que se cruzaron en su camino, y Alvise y Marcella lo habían empezado todo, hacía muchos años, cuando Linda aún era Rita y vivía en España. Silvia lloró mucho la muerte de ambos. Habló a menudo con Marcella después de que enviudara. Sabía que su madre estaba instalada en La Tana, pero conocía bien sus horarios, y siempre telefoneaba por la mañana para hablar sin interferencias. Pero ¿cómo había sido capaz de no llamar a su madre cuando murió su amiga del alma y se quedó sola? Sin su hija, sin Milko, sin Marcella y sin Alvise. Quizá Baz se había instalado en Punta Tragara, igual que hizo ella con Marcella. Silvia había crecido en el seno de esa peculiar familia, y sabía que funcionaban así. Cuando volviera a hablar con Milko, tal vez podría romper aquel pacto no escrito y preguntar por su madre.

—Creo que estoy un poco sola aquí, Otto. Tengo mucho tiempo para pensar en mi madre, en el pasado, en mi infancia. ¿Eso pone triste a todo el mundo?

—¿El qué?

—Pensar en la infancia.

Otto reflexionó un momento. Sí, en todos sus pacientes había una dosis de melancolía al hablar del relato que habían construido sobre sus primeros años. A menudo los recuerdos eran anecdóticos: el rasguño que le curaron tras caerse de la bici, el día que fingió dolor de tripa para quedarse en casa, la excursión en coche que improvisó la madre con la niña pequeña. Pero todos poseían la cualidad quimérica de lo que anhelamos, pues el pasado se asemeja más a la ficción que a la realidad; podemos regresar a un instante con los ojos de la mente, evocar la risa de quien ya no está y la emoción infantil que nos producía escucharla, pero la niñez existe como lo hacen los sueños o las fábulas, en estado gaseoso, sin poder abrazarla ni detener su proceso de descalcificación.

—¿Sabes? Tengo un recuerdo nítido de una tarde con Milko —dijo Silvia de repente—. Estábamos en Roma. Mi madre me había dejado llorando en casa porque tenía una fiesta a la que yo no podía ir. Como no se me pasaba el soponcio, Milko abrió el armario con las mejores galas de Linda, le revolvimos toda la ropa, y nos disfrazamos de Nancy Sinatra y sus bailarinas. Pusimos la música altísima y cuando llegó ella con Marcella, las dos se unieron a la fiesta. Me acuerdo de la expresión de mi madre al entrar en casa, era la cara que ponía cuando algo le divertía de verdad. Cuando era yo quien la provocaba, me convertía en la niña más feliz del mundo, y ya no quería crecer ni dejar de ser su Silvia, con la *i* silbante que me había dado solo para mí.

Hizo una pausa y Otto no dijo nada, consciente de que retomaría su relato.

—A la mañana siguiente, Milko me había dejado en la mesilla un sobrecito con una pequeña cartulina que decía: «Estos días azules y este sol de la infancia». No sé quién lo escribió y no lo entendí hasta mucho tiempo después, pero la guardé, y aún la tengo. Creo que me quiso decir que un día extrañaría mi infancia y que, aunque no lo creyera, echaría de menos ser la niña que era en ese instante.

Otto observó a su paciente desde el sillón, y ella se puso en pie.

—Me voy, doctor —dijo mirando el reloj. Y se despidieron mientras Dai esperaba ya en la puerta.

Al llegar a casa de Cenzo, se lo encontró manipulando una cámara digital en la mesa de la cocina.

—¿Has visto? —le preguntó incorporándose para darle un beso—. Las fotos digitales son increíbles. Se pueden agrandar para ver detalles, se retoca la luz, el encuadre… Estas cámaras son el futuro, Silvia.

—Sí, eso dicen. ¿Qué fotos has hecho?

Cenzo le contó que, hacía años, en la cola del baño de una estación de esquí, vio que el servicio de hombres estaba marcado con un plátano y el de mujeres con una sandía. Y le pareció muy ingenioso. Después, en otros baños, había visto pintalabios y barbas, tacones y bigotes. Qué gracioso, ¿no? Cenzo la atrajo hacia sí para enseñarle la cámara y darle otro beso.

—¡Pues mira lo que he visto hoy en el nuevo restaurante del puerto!

Al asomarse a la pantalla vio un sacapuntas en una puerta y un lápiz en otra. A veces se lo encontraba así, enfrascado en alguna anécdota que le resultaba fascinante y a la que ella no sabía cómo responder. Aunque una vez llegaba a su casa, no le costaba sacarlo de su embeleso.

Cuando empezó a caer la tarde, Silvia volvió a su barca y puso rumbo a la pequeña localidad de Estrómboli, rodeando la isla en dirección opuesta. Según entraban en el puerto vio más barcos de lo habitual, y Dai se alzó en la proa como un grumete. En uno de los botes varias personas vestidas de fiesta aplaudían y silbaban, dirigiendo su atención hacia una tarima flotante en la que Silvia distinguió a los novios. Seguramente venían de lejos a casarse frente al volcán y celebrar una boda mediterránea, como correspondía a la moda del momento.

Al llegar al muelle, Dai saltó al embarcadero, Silvia amarró la lancha y comenzaron a ascender por el terraplén. A mitad de camino, escuchó el principio de *Gloria*. ¿Seguía adelante o se giraba? La canción no tenía por qué guardar relación con su madre, pero ella sabía lo que iba a encontrarse si se volvía. Y así fue. En la tarima flotante la pareja bailaba al son de Tozzi; el novio, embutido en un traje demasiado ceñido, sudaba profusamente y, haciendo lo imposible por mantener el equilibrio, le alcanzaba un puñado de espaguetis crudos a su nueva esposa con aspavientos que sugerían fogosidad. La novia, dando palmas por encima de la cabeza, recogió la pasta y respondió con baileteos seductores. A no ser que los recién casados se fueran directos al agua, Silvia ya sabía cómo acababa aquello. La *Gloria* de Tozzi, la *Gloria* de Branigan, todas eran la Gloria de *Zuccari*, todas eran Linda. Todo era Linda Rams. Se dio media vuelta antes del chasquido y se dirigió hacia su vieja moto: «*Dai, Dai! Andiamo a casa!*».

La historia de todo lo que somos y hacemos, incluyendo aquello que nos contamos que somos y hacemos, está compuesta no solo por lo que ocurre, sino también por lo que no llega a darse. Todas esas noches que no llegamos adonde nos dirigíamos, las personas a las que no llamamos, aquellas que pasaron de refilón por nuestra vida, todo revela una angostura hasta entonces invisible. Parecen solo pasajes transitorios, pero no hay retorno al cauce original, o no existe ese rumbo que llevábamos, o al caminar agachados por el nuevo pasadizo se aparece ante nosotros una cueva de aire fresco desde la que salen varios desfiladeros. Podríamos bajar por cualquiera, y seguiríamos alejándonos de la ilusoria dirección que creíamos llevar.

Quizá el 13 de julio de 1985 se abrió ante Silvia Silverstone un nuevo pasaje, aunque es probable que ella no lo viviera así. Ese día había un solo camino a seguir, el que conducía hasta el concierto de Live Aid, para el que Baz Gold le había dado un pase VIP. «No te lo puedes perder, Silvia, te dará acceso a verlo desde el escenario, viene tu madre también y va a ser mítico». Pero ese día la hija de Linda Rams se encontraba agazapada en un pasadizo desde el que solo divisaba un barranco.

Había pasado la noche anterior en el legendario club Annabel's, que no abandonó hasta altas horas de la madrugada. Aquellas eran veladas largas y lánguidas, como los cuerpos que se movían en la pista de baile, blanquecinas como la piel de los invitados y el polvo de la cocaína, cabezonas como el vodka que llegaba a las mesas. Noches que pertenecían a los pocos que podían costeárselas, en las que Silvia Silverstone era siempre esquiva, casi etérea, un cuerpo bello y solitario. Los invitados solían terminar desmemoriados, enredados entre anhelos inasibles, sábanas blancas y seres durmientes, flotando de regreso a sus casas por un Londres diurno y cegador.

Aquel 13 de julio Silvia amaneció en una *suite* del hotel Claridge's junto al cuerpo de Harry B., aún más pálido y escurridizo que el de ella. Era el único hijo de un importante empresario con el que mantenía una relación tan tensa como con su propia corporalidad. Modelo de Dolce & Gabbana, Harry B. pasaba las noches sumido en letargos burbujeantes en los clubes más exclusivos de Londres, alejado de las oficinas del padre, que llevaba años persiguiéndolo para enseñarle las claves del éxito.

Desde un extremo de la enorme cama, Silvia abrió los ojos y vio su vestido tirado en el sofá, las sandalias de tacón fino, dos botellas de champán abiertas en el suelo y la ropa de Harry B. desperdigada. Se volvió y reconoció su espalda de animal agazapado. Desnuda e ingrávida, se dirigió al baño; junto al lavabo, otra botella de champán sin abrir y restos de cocaína en el mármol. En el espejo descubrió su cara vencida, el rímel corrido y los ojos hinchados. Se puso las sandalias y el escueto vestido rosa palo, y salió de la habitación de puntillas.

Silvia podría haber protagonizado su vida si no la hubiera vivido como una respuesta a todo lo que suscitaba y desprendía Linda Rams. Tenía veintisiete años. Veintisiete no eran diecisiete, pensó en el ascensor. No era edad para continuar aquel circo de niña rica, de modelos y pataletas y champán y extenuación. Qué hora era. Cuánto tiempo tenía para llegar a Wembley. Dónde estaba su conductor para llevarla al hotel de su madre, a que se duchara y se cambiara. Silvia bajó al vestíbulo y vio que era la una del mediodía. No había conductor ni forma humana de llegar a tiempo al concierto. Baz le había dicho que poco después de la una empezaría a tocar Queen, que en un momento dado saldría él con Freddie Mercury, que no se perdiera a Freddie.

En una esquina del *lobby* había una pantalla de televisión sin sonido en la que Silvia distinguió una masa de gente. Era el concierto en directo; se acercó y se dejó caer en un sofá mullido frente al televisor. Por algún altavoz sonaba una versión de *As Time Goes By*, interpretada por Billie Holiday.

En ese televisor silenciado Silvia vio a Freddie Mercury mover el alma de una masa humana, contempló a miles de personas cantar y sentir con él, escuchó sus coros sin volumen, oyó cómo palpitaban los corazones al unísono. *(No matter what the future brings, as time goes by)*. Silvia había tratado a Freddie a través de Baz, y se emocionó al verlo ante la muchedumbre, con ese ardor suyo a pesar de la incipiente enfermedad. *(It's still the same old story, a fight for love and glory, a case of do or die)*. En un gesto típico de su madre, escondió la cara entre las manos cuando vio aparecer a Baz en el escenario. Observó cómo ambos se deshacían de los pantalones, mostrando la mancha roja, cogidos de la mano ante la multitud (*The world will always welcome lovers, as time goes by*). Silvia lo oyó todo sin oírlo. Le miraba los labios a Freddie y sabía que estaba cantando *Hammer to Fall* (*Moonlight and love songs never out of date, hearts full of passion, jealousy, and hate*). Cuando ambos se acercaron a un lateral y sacaron a Linda al escenario, Silvia, sentada en el borde del sofá, se dejó caer al suelo, sollozando como cuando su madre se fue al cóctel con Marcella, hipando y limpiándose el rímel con el dorso de la mano. Ahí estaba, vestida de negro, esta vez sin mancha roja, pero con el carmín de los labios muy brillante y las manos alzadas hacia el cielo, una entrelazada con la de Freddie y la otra con la de Baz. La cámara enfocó ese enjambre humano cuando salió ella, y Silvia los oyó enloquecer sin sonido al ver a Linda, a sus sesenta y cinco años, con su melena suelta, regalándoles su legendaria sonrisa. Por qué no estaba ella allí, entre la multitud, de la mano de su madre, con los ojos cerrados en una playa de Capri, dejándose guiar por ella, por qué lloraba sola en el suelo de un hotel, como si fuera una niña abandonada, cuando no era ninguna de las dos cosas.

El concierto se convirtió para Silvia en el evento histórico al que no asistió, el suceso en negativo, aquello que se perdió, como una niña tonta, como una jovencita rebelde a destiempo.

Salió de Claridge's en un estado casi catatónico; el sol del mediodía la cegó cuando puso un pie en la calle, y los tacones de aguja le impedían vagar a su antojo. Se quitó las sandalias, las tiró a la primera papelera que vio y empezó a caminar sin rumbo. Bajó por Brook Street descalza, pasando por los números veintitrés y veinticinco, las casas más musicales de la calle, donde habían vivido Händel y Jimi Hendrix separados por una pared y doscientos años. Cruzó Hanover Square y entró en unas galerías para comprarse calzado y gafas de sol. Cogió las primeras que vio, subió a la planta de ropa de mujer y entró en un probador con unas zapatillas negras en la mano. Sentada en el banco del cubículo, con el espesor de la noche anterior en la cabeza, le sobrevino la imagen del concierto, y empezó a sollozar de nuevo tras la cortina. Mientras se limpiaba las lágrimas teñidas de rímel, una mano femenina le alcanzó un pañuelito desde el probador contiguo, por la parte de abajo. Silvia alargó el brazo hacia el suelo y lo cogió sin titubear, se sonó, se limpió los ojos y después reparó en que era de tela y que en él estaban bordadas las iniciales M. P. C. Oyó la voz de alguien que hablaba a la dueña del pañuelo y que, por el tono y la conversación, parecía ser su madre, que la increpaba por haber escogido un vestido demasiado caro.

—Es solo una fiesta, y quién sabe cuándo te lo vas a volver a poner. Te he traído uno con un precio más razonable. No podemos gastarnos este dineral en un vestido para una noche.

—Pero, mamá, ese es horrible… —Oyó que respondía la dueña del pañuelo.

—Bueno, hija, pues voy a por otro, pero no con esos precios desorbitados. Espérame aquí.

Cuando Silvia sintió que la madre se había alejado, se asomó al probador. La chica tendría unos dieciséis años. A pesar del rímel corrido y la hinchazón de los ojos, la joven la miró con un afecto lejano, y seguramente, pensó Silvia, sin reconocerla.

—Escucha, M. P. C., sal y cógeme un pantalón y una camiseta. Que sean negros.

—¿Yo? —respondió la joven confundida—. Pero ¿cuáles…?, ¿y de qué talla?

—Sí, tú, corre, antes de que venga tu madre. Los que sean —dijo Silvia, mirándola de arriba abajo—. De la tuya, de tu misma talla.

La chica salió a por el encargo y volvió rauda con las prendas de color negro. Silvia se desvistió delante de ella y se puso la ropa elegida por la joven.

—Toma —dijo alcanzándole su vestido con rapidez.

—¿Tu vestido?

—Sí, mi vestido. Es más bonito que los que vas a encontrar aquí. Toma, cógelo antes de que venga tu madre. Invéntate algo sobre cómo lo has conseguido.

—Pero… No lo entiendo. Gracias —dijo la joven con la prenda en la mano.

Y cómo no iba a estar confundida. Toda interacción está siempre precedida por datos que desconocemos. No había tiempo de explicarle a esa chica que Silvia mantenía una relación exagerada y delirante con su madre, que en ese momento sintió el impulso de canalizar aquello que emanaba Linda Rams. Y ese era un gesto muy de Linda, dejar una huella indeleble en seres con los que se cruzaba solo un instante.

Esa tarde, la joven del probador, cuya vida se cruzó momentáneamente con la de Silvia Silverstone, cogió el vestido ignorando que era una prenda carísima de Donna Karan New York y que aún valía más por haber sido propiedad de la hija de Linda Rams. Tal vez lo guardara toda la vida; quizá no se desprendiera de él ni siquiera cuando le cambiara el cuerpo y dejara de caberle. Quién sabe qué extraño vínculo transitorio sintió con aquella desconocida. Antes de separarse, en el momento de agradecerle el regalo, algo la impulsó a darle un atropellado abrazo, y Silvia también se guardó aquel estrujón.

—Tu pañuelo —le dijo—. Perdona, te lo he manchado de maquillaje y mocos.

—No pasa nada, quédatelo —dijo la chica.

Silvia pagó lo que llevaba puesto, cogió también un pintalabios rojo y salió pensando en las iniciales de la joven. Podrían pertenecer a Mary Pamela Clark o a Millie Penelope Collins; la mente de Silvia conjeturó el nombre de Mia Paige Carroll, pero podría haber sido cualquiera.

Aquel día, como hiciera su madre durante la Gran Nevada del 57, Silvia caminó sola por Londres. Pasó por Shapero, la famosa librería de viejo, donde vio una de las primeras ediciones de *Peter Pan* en el escaparate. Rememoró el escenario ficticio de aquel Londres que habitaba la familia Darling en la novela. Recordó también a Peter Pan diciendo que se negaba a crecer, que quería ser un niño siempre para nunca dejar de divertirse. Pensó en Linda, en lo complicado que debía ser hacer de madre sin haber tenido infancia.

Silvia anduvo en dirección al sur, dejando atrás los artículos de lujo y las tiendas exclusivas que se alineaban a su paso en New Bond Street, que hacía un viaje inverso y se convertía en Old Bond Street, en aquel Londres de paseantes ilustres y ociosos. Siguió andando hasta toparse con una pequeña verja que daba paso a St. James's Park, y de ahí cruzó a Green Park; paseó sobre el asfalto, por encima de la hierba, cruzó los pequeños puentes de madera. Caminó y caminó hasta dar con la escultura de una niña y un perro que se encontraba elevada en unas ramas de árboles construidas con hierro forjado, como el resto de la figura. La niña sostenía un palo que parecía estar a punto de lanzar, y el animal, con las orejas ya recogidas hacia detrás, se disponía a correr tras él. En la base aparecía grabado el año 1954.

La estatua estaba cerca de la salida que conducía a Picadilly, y Silvia se detuvo bajo ese umbral de entrada al parque, recordando eso que decía su madre sobre lo importante que era detenerse en el principio de las historias. Si uno mira a su alrededor, siempre está ocurriendo el comienzo de algo. Silvia alzó la vista hacia la fachada del Ritz y, en una terraza, una mujer con una copa le guiñó un ojo al tiempo que imitaba el gesto de brindar.

Una joven descansaba bajo un árbol con un bebé de ojos grandes en brazos y una niña que giraba sobre sí misma con un vestido de vuelo como el de Campanilla: *«Mum, look at me! I'm a twirling little peanut!»*. En un banco, un hombre leía el periódico acompañado de una liebre gigante con orejas larguísimas y aspecto mullido. En la parte de atrás de un autobús rojo, alguien bailaba en el hueco descubierto de la escalera con los ojos cerrados. Silvia le escuchó cantar *Love Really Hurts Without You*, así que supuso que, si los abriera en ese instante, contemplaría la escena al son de Billy Ocean. Por el paso de cebra cruzaba un hombre de la edad de Silvia con una americana azul y aire extranjero; en una mano llevaba un libro antiguo que quizá era de Shapero y con la otra fumaba distraído.

En un instante del verano londinense de 1985, esas vidas, como actos concomitantes, como eventos de la humanidad, convergieron en un soplo en el que todos podrían ser los otros y, a la vez, ser cualquiera, podrían narrar, vivir, cruzar jardines con senderos que se bifurcan, recoger un pañuelo de M. P. C., ser Silvia Silverstone. Como ella, todos se habían perdido el concierto de Live Aid, la célebre aparición de Linda Rams, todos podrían ser su hija deambulante, vestida de negro, como iba también su madre, con los labios muy rojos, saliendo de un parque de Londres una tarde de verano cualquiera.

Durante la siguiente sesión con Otto, Silvia sacó de nuevo el tema de su madre, pero esta vez, en contra de lo que ella misma esperaba, acabó hablando más sobre el tiempo que pasaron juntas que sobre sus agravios, aunque a veces fueran de la mano.

—¿Te he contado algo sobre el juego de guisantes con patatas? —preguntó la hija de Linda Rams—. Era nuestro pasatiempo preferido en la playa: una hacía de guisante y tenía que cerrar los ojos para que la otra la guiara sin tropezarse.

—¿Y esa era la patata?

—Eso es.

El doctor asintió y le indicó con un gesto que continuara.

—No sé por qué aquello nos unía tanto. Quizá porque en ese rato yo tenía toda su atención. No ocurría a menudo, lo de tenerla para mí sola. A su alrededor siempre había revuelo, cámaras, reporteros, amigos…

—¿Como el periodista napolitano?

—Lorenzo Belmonte, sí. Lorenzo pasaba mucho tiempo en casa, aunque a mí me encantaba que él viniera, porque siempre me hacía caso. Mi madre lo llamaba «cordero» y él balaba como una oveja cuando llegaba para hacerme reír. En fin —dijo—, la cuestión es que no pasaba mucho tiempo a solas con ella, pero si le decía que quería jugar a guisantes con patatas, se deshacía de quien hiciera falta y bajábamos a la playa juntas.

—Suena bien.

—Sí. Supongo que a mí me gustaba que dependiéramos la una de la otra para no caernos o mojarnos. El guisante siempre podía abrir los ojos, aunque yo nunca hacía trampa, y creo que ella tampoco —dijo incorporándose—. Pero una tarde en la que yo era guisante y ella, patata, se encontró con unos fans en la playa y me dejó caminando sola por la orilla. No fue mucho tiempo, pero suficiente para cortarme el pie con un cristal mientras ella saludaba. Los *carabinieri* de vigilancia me vieron cojeando y me llevaron a la caseta de salvamento. Aunque estaba en la misma playa, para cuando mi madre terminó de dejarse querer, ya no me vio. Después de curarme el pie, me preguntaron dónde estaban mis padres. «No lo sé». Era verdad; así en plural no lo había sabido nunca. «¿Cómo que no lo sabes? ¿Con quién has venido a la playa?». Dije que con mi madre. «¿Y cómo se llama tu madre?». «Rita Ramírez Velasco». Había oído aquel nombre en una conversación con Marcella. Los policías me sentaron en una mesa alta, me dieron un *cannolo* para merendar y fueron a hacer comprobaciones. Mientras uno telefoneaba a la comisaría de Nápoles, el otro me dejó ponerme su gorra. Todo fue una travesura, Otto, una pequeña venganza por abandonarme; en realidad sabía que mi madre estaría solo a escasos metros de nosotros. Pero tenía doce años y me sentí especial con esos desconocidos que solo tenían ojos para mí, que llamaban a Nápoles con cara de preocupación y me daban dulces.

—¿Cuánto tiempo pasaste con ellos?

—No mucho. Al poco de que colgaran con la comisaría, mi madre entró por la puerta de la caseta con su traje de baño negro, las gafas de sol enormes y el pelo recogido en la nuca. Nada más verla, el mayor se quitó la gorra y se la llevó al pecho haciendo una leve reverencia. «Señora Rams, buenas tardes, qué honor de visita, pase, por favor, está usted en su casa». Yo sabía que había acabado mi aventura. Mi madre se quitó las gafas y me ayudó a bajar de la mesa. «Silvia, hija, llevo un rato buscándote, ¿qué haces aquí?». Creo que estaba algo irritada, pero no angustiada.

Silvia se interrumpió un instante y miró al doctor.

—Otto, ¿todos los hijos se pasan la vida esperando que sus madres se comporten como un ideal materno?

—¿Por qué lo dices?

—Porque yo, a sabiendas de que ese no era su estilo, tenía la esperanza de que ella hiciera un drama en ese momento. Quería que entrara entre lágrimas, dando gracias por verme viva.

—Pero, por lo que cuentas, no fue mucho tiempo el que estuviste sola.

—No, quizá quince minutos. Aunque quince minutos sin ver a tu hija pequeña es mucho. ¿Por qué no pensó que me podría haber ahogado? ¿O que alguien me podría haber hecho algo?

—¿Qué crees que pensó?

—No lo sé. Quizá sospechó que me había escondido para que ella no me encontrara. —Silvia se quedó en silencio—. Supongo que es lo mismo que pensará ahora si se pregunta dónde estoy.

—¿Qué ocurrió cuando llegó tu madre a la caseta?

—Lo de siempre —dijo—. Mi madre es como una de esas mañanas cegadoras de verano; por más que cierres las persianas, la luz se cuela por las rendijas, aunque sean minúsculas. Eso fue lo que pasó cuando entró. Fue muy amable con los policías, les agradeció los cuidados y ellos le pidieron un autógrafo. Imagínate el tiempo que vivirían de la deslumbrante sonrisa de Linda Rams. A cambio nos dieron la bandeja entera de *cannoli*. Es verdad que al rememorarlo ahora no suena a evento traumático, pero yo llegué al hotel enrabietadísima —continuó Silvia mientras acariciaba a Dai—. Muchas veces leía los cómics de Snoopy con Milko, ¿sabes? Recuerdo una viñeta en la que un personaje decía que él quería que su vida fuera un árbol entero, no solo una hoja. Yo sabía que, siendo Linda Rams mi madre, yo siempre sería una hojita ínfima. ¿La has visto alguna vez en persona? —Otto negó con la cabeza—. Cuando entra en una estancia, no existe nadie más. Tampoco para mí.

Otto Marino guardó silencio y la miró con una mueca que podía significar muchas cosas, pero que en ese caso era una manera de animarla a seguir quitando las capas que recubren las historias.

—En fin, mi madre tenía una cena esa noche —siguió Silvia—, así que, cuando llegamos al hotel, yo me quedé con Milko, como siempre. Me vio aparecer cabizbaja y señaló la plancha de cocina en la terraza. «Silvia, esta noche tú y yo vamos a cenar guisantes con patatas». Pobre, se pasó la vida amortiguando tensiones, y ese día yo tenía la sensación de que me habían condenado a ser hojarasca hasta el fin de mis días. «Ya no quiero cenar guisantes nunca más, y menos con patatas». Milko me dijo con aire tranquilo que no pasaba nada, que, si no quería guisantes con patatas, me prepararía el mejor plato del mundo: jamón y berenjenas con queso.

—¿Ah, sí? —preguntó el doctor Marino.

—Nos pasamos la noche en la terraza rellenando berenjenas y memorizando el poema que acompañaba al plato.

—¿El poema?

—No me preguntes de quién era. Milko conocía cosas muy raras y, como te decía el otro día, cada vez que yo estaba triste o contrariada con el mundo, él me ponía a memorizar poesías. Seguro que me acuerdo del principio:

> Tres cosas me tienen preso
> de amores el corazón,
> la bella Inés, el jamón
> y las berenjenas con queso.
>
> Esta Inés, amantes, es
> quien tuvo en mí tal poder
> que me hizo aborrecer
> todo lo que no era Inés.
> Trájome un año sin seso,
> hasta que en una ocasión
> me dio a merendar jamón
> y berenjenas con queso.

Otto aplaudió entre risas, y Dai lo acompañó poniéndose de pie y moviendo el rabo al ver que había motivo de fiesta.

—Mientras Milko me enseñaba el poema, preparamos las berenjenas como él me iba indicando —dijo Silvia—. Y cuando estábamos en ello, Baz asomó la cabeza por la terraza. Recuerdo que llevaba maquillaje de mujer y el pelo engominado, recogido en una coleta tirante, con una sombra de ojos roja metalizada, como una patinadora rusa. Él también estaba invitado a la misma cena que mi madre y había pasado por el hotel a recogerla, pero ella ya se había ido, y cuando nos escuchó recitar, se sentó con nosotros. Dijo que le parecía injusto que no le hubieran dado voz a la tal Inés, y nos pidió papel y lápiz. Para cuando volvió mi madre, habíamos montado uno de aquellos numeritos típicos de Baz Gold, que eran también propios de ella. La recuerdo sentada con Milko en una hamaca, la bandeja de berenjenas entre ambos, y Baz y yo de pie frente a ellos, recitando el poema que me había enseñado Milko y la respuesta inventada por Baz. Cuanto más teatral era nuestra representación, más aplaudían ellos y, en la actuación final, se levantaron silbando y tirándonos trozos de jamón como si fueran flores.

—Así que al final sí fue una buena noche con tu madre.

—Sí. Cuando nos vio recitar esos versos, puso su cara de sorpresa y se echó a reír, sobre todo al escuchar la respuesta que había inventado Baz haciendo de la bella Inés.

—¿Te acuerdas de ella?

—¡Creo que sí! Se convirtió en un teatrillo que representamos muchas veces después de aquella noche —dijo antes de recitar.

Se cree usted un personaje muy gracioso,
pero no se halla esa cualidad en la guía del buen esposo.

Aunque exista en el reino alguna doncella
que me supere en lo de ser muy bella,
antes que a usted yo prefiero
a un valiente caballero.
¡No a un hombre bobalicón!
¡Que me compara con jamón!

Además, veo que el señor peca de obeso,
así que traiga aquí eso,
que seré yo quien se coma sus berenjenas con queso.

Es posible que Silvia hubiera distorsionado ese y otros días de su niñez, un tiempo que solo existe para quien observa melancólico a través del cristal de la edad adulta. Pero, al rememorar aquel episodio, invocó esa zona exterior de la *suite* Linda Rams, donde pasó tanto tiempo de niña. Aquella terraza era y no era la misma que la de su molino de viento en Estrómboli, a la que ella se asomaba cada mañana pensando que al final de ese mar se encontraba su madre, y desde la que divisaba Strombolicchio, ese falso *faraglione* flotando en el azul tanzanita del mar, *ma solo l'azzurro non può bastare…* ¿Qué más hace falta si no basta el color azul? ¿Más distancia? ¿Más años? Quizá los días de la infancia se vuelven cada vez más azules cuanto más nos alejamos de ellos.

Según llegaba al embarcadero de Estrómboli, Silvia trataba de recordar algo que le había dicho Milko sobre el momento presente. Estaba casi segura de que era una frase de Kundera, pero no conseguía acordarse. Quizá llega un momento en que hemos escuchado todas las enseñanzas que nos podían servir de algo, pero entonces, cuando las necesitamos porque la vida ya no se sostiene sola, las adulteramos con tiempo y recuerdos, y solo perduran diluidas, como gotas de acuarela en agua.

Le abrió la puerta uno de los huéspedes del molino de Estrómboli, un hombre moreno con barba tupida y pelo revuelto, descalzo, fumando tabaco de liar, con aire de vivir aislado del
mundo, aunque no tanto como para no reconocer a Baz en
el quicio de aquel remoto lugar: *«Holy shit, you're Baz Gold»*.
Se trataba de uno de esos *hippies* reciclados ingleses que aman
y odian su reino a partes iguales. Siempre que podía, le dijo,
se alejaba de la lluvia británica, y ese año había viajado hasta
Estrómboli para pasar allí unos meses. Silvia regresaría en cualquier momento, aseguró, y antes de retirarse a su zona de la
casa le estrechó la mano con ímpetu: *«Real pleasure, mate, real
pleasure»*.

Una vez se quedó solo, Baz tuvo tiempo de pulular por casa
de Silvia a su antojo. Vio un cartel de bienvenida y unas letras de madera en la pared blanca de la terraza: Casa Asa Nisi
Masa. «Silvia, Silvia… ¿Qué haces aquí? Escondida de tu mundo, pero invocándolo en secreto».

Silvia tenía solo cinco años cuando Fellini estrenó *8 ½,* y
Baz le enseñó a decir aquella misteriosa frase del filme: *Asa Nisi
Masa.* A lo largo de su infancia jugaron mucho con esas enigmáticas palabras. «Si le quitas las sílabas "sa" y "si"», le decía

Baz, «la palabra restante es "ánima", es decir, "alma"». A Silvia le encantó aquello, y a veces se comunicaba con Baz en un lenguaje secreto que consistía en añadir «sa» o «si» al final de cada sílaba, de modo que, en vez de «Silvia, ¿sabes hablar con la "sa"?», Baz le decía «Silsaviasa, ¿sasabessa hasablarsa consa lasa sasa?». Y ella respondía: «¡¡Sisa!!». O bien mezclaban las sílabas «sa» y «si»: «Sisi, Bazsi, ysi mesajorsa quesa tusa». Cuando Linda presenciaba aquello, siempre se echaba a reír: «¡Otra vez poseídos por el diablo del lenguaje! ¡El día menos esperado invocáis a un demonio!».

Desde la terraza de Silvia, Baz contempló el peñón de Strombolicchio. A lo largo de la barandilla blanca había unas enormes bolas de cerámica lacada con figuras de lagartos azules. Supuso que, igual que él, Silvia sabía que su madre siempre había querido subir al faraglione di Fuori a ver aquellos reptiles.

Una puerta corredera entreabierta conectaba la terraza con el salón. Esperó unos minutos sentado y otros tantos dando pasos distraídos por el perímetro de la zona exterior, pero la apertura lo reclamaba, así que finalmente acudió a su llamada y entró en la casa.

Llevaba mucho tiempo sin verla ni saber de ella. Silvia había pasado una década dando tumbos entre Londres y Roma. Había fracasado como empresaria con aquella línea de joyería (S by Silverstone) en la que Linda se negó a seguir invirtiendo dinero, hizo varios trabajos de modelo y también sus pinitos como actriz. Pero nada le encajaba, o nada cuajaba, y ella encontraba siempre algún plan que implicaba retrasar rodajes y dejar a equipos plantados. El tiempo se le escurría saltando de fiesta en fiesta, de relación en relación, como si todas fueran baldosas que ardían al pisarlas y la obligaran a arrojarse a la siguiente. Así se lo dijo Baz un día, con una carcajada y un saltito con el que fingía haberse quemado los pies.

Fue una época que se parecía a las cabinas de las norias de antes, aquellas con un asiento doble y una barra para no caerse; daba igual en cuál te montaras, todas eran iguales, todas las fiestas, todos los hombres, daban vueltas y vueltas sin llegar a ninguna parte, el principio y el final indistintos y equívocos. Irse a vivir a Estrómboli fue saltar lejos de esa noria que no empezaba ni terminaba, en la que siempre estaba ebria, en la que nunca dejó de sentirse una hoja ínfima, de batallar con su madre; toda una vida de despropósitos, decepciones y clichés. Alejarse fue dejar atrás los reproches de Linda, la imagen de niña rica y aburrida que bullía a la superficie cuando estaba con ella.

El detonante de ese salto fue otro lugar común. Una mañana se despertó, como tantas, interpelada por su propio organismo, que se quejaba de todas las inmundicias que no dejaban de entrarle. Aunque no aparentaba su edad, Silvia había dejado atrás los treinta y cinco, y tanto el estómago como la cabeza se lo recordaban esas mañanas que amanecía en casas extrañas, junto a hombres desconocidos, tras haber ingerido MDMA, anfetaminas, metanfetaminas y un largo etcétera de pequeñas pastillas de colores.

Ese día su cuerpo le indicó que iba a vaciarse si no se incorporaba enseguida, que estaba a punto de hacerlo, que ya lo estaba haciendo. Silvia se despertó con una arcada que resultó no ser la primera, pues la almohada y el pelo estaban ya cubiertos de un vómito que era, incomprensiblemente, de color morado.

La arcada la había sacado de un sueño nada placentero, y volvió a vomitar, esta vez sobre las sábanas. No reconoció el lugar ni a su compañero de cama, pero vio que estaba vestida y calzada. Se irguió con dificultad y salió de aquella estancia de techos altos sin decir nada, dejando atrás a ese hombre del que solo vio la nuca. Las prisas por irse la empujaron sin la debida atención hacia la puerta de aquel moderno edificio, y, en los metros que separaban el ascensor de la entrada principal, Silvia resbaló y cayó de bruces sobre el suelo reluciente, mordiéndose aparatosamente la lengua y manchando de sangre la superficie helada del portal. Como era sábado, no había portero, así que nadie presenció la caída, tampoco la sangre, y ella se escabulló dejando tras de sí el segundo flujo corporal de la mañana.

Llegó al hospital más cercano en taxi y, después de recibir varios pinchazos en la lengua y unos puntos en el labio, se dirigió a su piso, un luminoso apartamento en Wilbraham Place que le había comprado su madre unos años atrás. Ese día se reunía para comer con Baz. No ocurría muy a menudo y sabía que él insistiría, y hasta se presentaría en su casa si intentaba cancelar la cita. De modo que mejoró su aspecto lo que pudo y se dirigió al Bluebird. Como era habitual en ellos, se habían dado cita en el célebre establecimiento al final de King's Road, por donde tantas veces había pasado Baz cuando el lugar era un taller de coches y él vivía con los familiares que lo acogieron en sus primeros años londinenses. Nunca olvidó la generosidad que mostraron al compartir su pequeño piso en aquella torre de protección oficial del final del mundo y, en cuanto le fue posible, se encargó de acomodarlos en el lugar que ellos eligieron. En esa lejana época habría sido imposible adivinar que un día fuera a necesitar un reservado del reconvertido taller para evitar que los fans lo acosaran mientras almorzaba.

Silvia observó la mezcla de desconcierto y decepción en la mirada de Baz cuando la vio aparecer con el labio hinchado, las ojeras asomando bajo el maquillaje y la expresión de quien es incapaz de ingerir nada.

—Ve pidiendo tú, Baz, voy al baño un momento. Cuando venga el camarero me pides un vaso de agua caliente con medio pomelo exprimido, pero que no expriman más de medio por favor, y que lo cuelen después.

Cuando regresó, Baz arqueó las cejas y señaló el agua anaranjada frente a la silla de Silvia:

—¿Por qué no tomas aspirina para la resaca, como todo el mundo?

—La aspirina es un vasodilatador y no quiero que la sangre me vaya aún más deprisa por las venas.

—¿*Aún* más deprisa? —preguntó.

—No es una broma, Baz. La sangre me corre demasiado rápido. Lo he consultado con un homeópata que está especializado en el futuro de la epidermis.

—Ah. ¿Y qué te ha dicho?

—Que mi piel muestra signos de envejecimiento por ello. La sangre se pasa toda la vida corriendo por las venas, y cuando acelera el ritmo tanto como la mía es como si galopara, así que en poco tiempo recorre demasiada distancia, que es como vivir más años. Y eso luego se nota en la piel de la cara.

«Silvia, Silvia…», pensó Baz. «¿Cuándo te convertiste en carne de cañón?». No articuló esa pregunta sin respuesta, ni mencionó el labio hinchado. Tampoco preguntó (y esto es lo que más le picaba la curiosidad) cómo había notado que la sangre le corría más rápido de lo normal.

—Quizá tu homeópata tenga razón —le dijo, y se pidió otro vaso de agua caliente con medio pomelo exprimido.

—Y luego se lo coláis —dijo Silvia al camarero. Dio un sorbo con pajita a su brebaje y se dirigió a Baz—: La pulpa del pomelo es muy mala para las uñas y el pelo, porque es una supresora de la vitamina E.

Durante aquella supuesta comida no ingirieron nada más, se despidieron a la media hora, y Silvia se pasó el resto del día durmiendo.

Tanto Linda como ella se habían preguntado en diferentes momentos de su vida (siempre con animosidad) en qué diablos se parecían la una a la otra. «Qué ha sacado esta niña de mí, con este pavo eterno y toda la tontería que lleva encima», o bien «Qué mierda tengo yo en común con la diva de mi madre, que no atiende a nadie que no sea ella misma». Pero había algo que ambas poseían, y era la posibilidad de encarnar varias versiones concomitantes dentro de sí mismas. Es sabido que contenemos multitudes, pero ellas contaban con un interior particularmente tumultuoso. Por ejemplo, Linda podía estar muy disgustada con las rabietas de su hija, pero, en un soplo, era capaz de ver ese padecer como lo vería un ojo externo, y entonces, al observarlo así, se extinguía como un fuego. Y lo mismo le ocurría a su hija. Por eso, aquel día, aunque habló con convicción sobre aquellos males que la aquejaban y sus correspondientes remedios naturales, también se vio desde fuera, a través de los ojos de Baz, y sintió que contemplaba un reflejo absurdo. En ese instante, igual que le ocurría a su madre, Silvia era ambas, la persona convencida de poder ralentizar la velocidad de la sangre a base de pomelos y la mujer que observaba atónita la ridiculez ajena.

Cuando horas más tarde se despertó en su casa con un dolor de cabeza punzante, tomó las riendas la segunda versión y, con la misma decisión con la que se había desnudado en el probador y lanzado su vestido a aquella joven años atrás, Silvia se organizó la vida para irse de Londres, saltando lejos de la tornadiza noria en que se había convertido su existencia.

No estaba segura de por qué Estrómboli. Por Ingrid Bergman, porque a su madre no le gustaban los volcanes, porque encontró el molino de viento en un catálogo de propiedades únicas y, sobre todo, porque allí no se habría ido nunca a vivir la hija de Linda Rams.

Pocas semanas después, se había instalado en la isla, había empezado a acudir a aquellas sesiones con Otto Marino, a convivir con Dai y a ocuparse de sus huéspedes.

Como Silvia aún no llegaba, Baz siguió husmeando dentro de la casa. Enmarcada en la pared había una fotografía de *Marco Cavallo*, la escultura con forma de caballo azul gigante que, con ayuda de artistas locales, construyeron en 1973 los pacientes de uno de los hospitales psiquiátricos en los que Guido Dal Lago consiguió que entraran el arte y la esperanza. Baz nunca supo exactamente de qué manera continuó Linda vinculada con aquellos centros tras su ingreso, pero a lo largo de los años hubo épocas en que desaparecía unos días, y todo a su alrededor adquiría un peso diferente a la vuelta.

El día de la fotografía Linda no dio muchas explicaciones, pero les pidió a Alvise, a Marcella y a Baz que la acompañaran a contemplar un instante que el mundo, dijo, recordaría como una importante liberación. Silvia tenía entonces quince años, y exigió ir con los mayores. Y Linda invitó también a Lorenzo y a Milko. Desde el patio de aquel centro del que ninguno de ellos sabía demasiado, contemplaron al caballo azul, y también advirtieron la familiaridad de Linda con los pacientes y el personal de aquel lugar. Fue un día soleado, cimentado sobre música e ilusión por lo que podía ser; anticipación pura, el estado por el que Linda sentía debilidad.

Marco Cavallo, con su azul brillante, representaba un importante hito en una lucha que, si bien tendría nuevos capítulos, llegaría a un punto y aparte cinco años después, con el cierre de ese y otros hospitales psiquiátricos. La frase de que la libertad era terapéutica había nacido allí, y cuando salió del coche Baz Gold, que la había popularizado en la gala de los Oscar, se le vino una oleada de personas encima. Eso sí que fue un abrazo de oso, de muchos osos juntos.

La foto la había tomado Lorenzo, que solía llevar su cámara en esas ocasiones. Y ahí estaba enmarcado ese momento: *Marco Cavallo* altísimo, muy sólido a pesar de su aspecto enclenque, con sus patas largas y azules; un joven Baz Gold estirando los brazos hacia la masa de personas reunidas bajo el animal, tratando de abarcarlos a todos, y al lado Linda, Alvise y Marcella, los tres con expresión divertida, abrazando a quienes tenían próximos. Junto a una pata trasera del caballo estaban Silvia y Milko, ambos mirando hacia arriba, palpando las extremidades del animal con gesto de admiración.

Baz sonrió ante la idea de que Silvia hubiera elegido esa foto para enmarcar, una imagen con tanta gente, un ejército de desconocidos unidos por un instante. La misma que habría escogido Linda.

En el marco de al lado, más pequeño, había una servilleta que recogía unos versos de *Hammer to Fall*, la canción de Queen que Freddie cantó con Baz en el escenario de Wembley en 1985, concretamente:

For we who grew up tall and proud
In the shadow of the mushroom cloud
Convinced our voices can't be heard
We just wanna scream it louder and louder and louder

Y abajo:

Silvia, much love to you,
Freddie x

La primera vez que madre e hija se vieron después del concierto se inició una de esas batallas campales entre ellas, a cuál más herida por la ausencia de Silvia. Baz imaginó que ocurriría algo así cuando vio que Silvia no llegaba, así que esa noche, antes de abandonar Wembley, le pidió a Freddie un mensaje para la hija de Linda, que, lamentablemente, dijo, se lo había tenido que perder. Tal vez el líder de Queen escribió aquello porque era la letra de la canción que había cantado con Baz, o quizá le quiso decir a Silvia que, aunque ella había crecido bajo la sombra de esa enorme nube que era su madre y estuviera convencida de que su propia voz no importaba, debía seguir gritando. O acaso no se trató de nada de eso, y aquellos fueron los versos de quien ha sentido el peso de saberse encerrado.

Mientras contemplaba la cita enmarcada en la pared, de espaldas a la terraza, entró Dai en el salón, y Baz se volvió instintivamente. Estaba sentado en el suelo saludando al animal cuando levantó la vista y vio a Silvia aparecer en el quicio de la puerta, el umbral que anuncia el principio de las historias. Se quedaron mirándose con seriedad fingida mientras Dai movía el rabo y daba besos perrunos a Baz. Ella lo miró desde su posición de altura y se llevó las manos llenas de llaves a las mejillas, abriendo la boca teatralmente.

—El mismísimo Baz Gold. ¡Es usted una leyenda viva! ¿Me firma un autógrafo aquí en el sujetador? —dijo haciendo amago de levantarse la camiseta.

—Has hecho bien en coger a un perro guardián que te defienda —respondió Baz mientras Dai le chupaba la cara.

—Dai, deja que se levante, que es un hombre mayor.

—¿Cómo se llama?

—Dai.

—¿Dai? ¿Por qué has llamado al pobre perro Dai? Podrías haber llamado a la casa Ecco —dijo Baz.

—Hola, Baz. ¿Te vas a quedar ahí en el suelo mofándote de mi casa y de mi perro?

—No, dame la mano y me levanto, que prefiero mofarme de pie.

Silvia estiró el brazo y él se alzó frente a ella. Cogidos de la mano a poca distancia, se sonrieron con una mezcla de guasa y pena.

—Se te ve bien.

—A ti también —dijo Baz abriendo los brazos en señal de invitación—. He visto que no has llamado a tu casa Ecco.

—Ya me imagino que lo has visto. Eso y todo. Seguro que me has abierto todos los armarios.

—Solo los de la cocina, pero porque tenía hambre, y pensé que igual tendrías algún pomelo, que vengo con la sangre acelerada.

Se separaron con una carcajada y Silvia metió la cara entre las manos, como habría hecho su madre y como también hacía ella a menudo.

—Si tienes hambre podemos ir a algún sitio, o puedo preparar algo aquí y cenamos en la terraza.

—¿Qué haces en este lugar tan triste, Silvia?

—¡No es triste!

—¿No?

—No. Es tranquilo. Tranquilo no es lo mismo que triste —se miraron a los ojos un instante—. Tengo ajo, berenjenas y tomates secados al sol. Puedo hacer pasta.

—Secados *al sol* —dijo Baz con énfasis—. Gracias por la aclaración.

—Me refiero —respondió Silvia fingiendo impaciencia— a que están secados manualmente.

—Que los partes y los dejas boca arriba al calor del mediodía.

—No sé cómo es el proceso, Baz. Los seca un amigo y me los da en tarros con aceite. —Y señaló una repisa con botes de cristal.

—Qué buenos amigos. Los que tenías antes te invitaban a su jet privado para llegar cómodamente a las fiestas que daban en los yates de sus papás. ¿Lo sabe el secador de tomates?

—¿El qué?

—Quién eres.

—Sabe que soy yo, que soy Silvia, que antes vivía en Roma y que ahora vivo aquí.

—O sea que no.

—No sabe quién es mi madre, Baz. Pero no *todo* es mi madre.

—No, es verdad —dijo con aire tranquilo—. No todo es tu madre.

Silvia sacó una botella de agua con gas y otra de vino blanco, preguntándole con la mirada, y él acercó un taburete a la barra de la cocina y cogió dos copas.

—La duda ofende.

Cuando ella empezó a saltear los tomates del tarro, Baz la miró simulando sorpresa.

—¡Ver para creer! ¡Silvia Silverstone cocinando! —dijo acercándose mucho a la sartén—. Cuéntame quién es tu amigo el de los tomates.

—Si dejas de burlarte de todo, Baz. —Y él se puso serio, levantando las manos como hacen los inocentes en las películas—. Se llama Cenzo —dijo Silvia—. Es guapo y moreno, y creo que me gusta bastante.

—No suena mal.

—Ya, aunque no nos vemos mucho.

—¿Si os vierais más te gustaría menos?

—Es posible —dijo—. Hay cosas pequeñas que le fascinan y que no entiendo.

—¿Como qué?

—Como los símbolos que indican cuál es el baño de hombres o mujeres, por ejemplo.

Baz frunció el ceño.

—Me gustaba más lo de que secara tomates.

—El otro día me dijo entusiasmado que había visto un baño femenino indicado con un sacapuntas, y que al lado había un cartel con un lápiz para señalar el masculino. Estaba encantado con el descubrimiento.

A Baz se le escapó una carcajada con la copa en los labios y empezó a toser, y Silvia se acercó a darle palmaditas en la espalda mientras se aguantaba la risa. Solo habían pasado unos minutos y ya se sentía envuelta de nuevo en el halo Baz Gold, que no era muy diferente del halo Linda Rams, con aquella capacidad para la ligereza, a pesar de cualquier pesar. Baz se secó unas lágrimas mezcladas con vino blanco y fingió seriedad.

—Cómo sois las niñas ricas, Silvia —dijo—. ¿Pues sabes qué? Ahora que lo pienso, una vez, en un baño, vi un dibujo de una pizza con siete porciones, es decir, todas menos una, y no entendí para quién era. Pero todavía me quedé más confundido cuando en la puerta de enfrente vi una sola porción de pizza.

—¿Eh? —dijo Silvia frunciendo el ceño—. ¿Cuál crees que era el de hombres? ¿La porción de pizza?

—Diría que sí, pero solo por descarte. Un mensaje un poco anticuado, ¿no? ¿La mujer solo está completa si aparece un hombre? Muy años veinte, y sin lo mejor de los años veinte, que eran los vestidos.

—O quizá era lo contrario: el hombre es solo una pequeña porción, pero ella es la pizza entera.

—Puede ser, aunque ya te digo que no estaba entera. Habrá que preguntarle a tu amigo, que es el experto.

Durante la cena hablaron de anécdotas inocuas del pasado. Baz felicitó a la cocinera y se acercó a la barandilla; al fondo descansaba Strombolicchio en el horizonte, rodeado por un mar umbroso.

—No entiendo las islas, pobres islas, siempre rodeadas de tanto mar —dijo volviéndose a Silvia—. ¿Desa quesa pesalisacusalasa essa?

—*L'avventura*.

—*Brava!* —dijo Baz—. Sabía que te acordarías.

—¿De nuestro lenguaje?

—De nuestro lenguaje, sí, pero también del momento en la película de *L'avventura*, cuando ese personaje se compadece de las islas, pobres islas solitarias, siempre apartadas de la acción. —Baz se volvió de nuevo hacia el mar—. ¿Estás bien aquí, Silvia? En este lugar remoto, tan sola, con esos turistas tristes ahí arriba. ¿Los tratas mucho?

—Solo los veo en el desayuno, porque se lo preparo yo.

—¡No me digas! ¿Hierves huevos?

—¡Sí! ¡Y hasta hago pan! —exclamó—. Creo que desde que he llegado aquí me siento tranquila. No sé si eso es estar bien —dijo.

—Ya, yo tampoco lo sé.

—Me retumba menos el ruido del mundo, Baz, aunque es verdad que estoy aquí como escondida, pero es que no era fácil estar a la intemperie, no sé si te acuerdas… Supongo que te parece injusto que mi madre no sepa dónde estoy. O quizá sí lo sabe.

—Da igual lo que me parezca a mí, Silvia. Y no creo que tu madre lo sepa.

—Con ella todo era un eco interminable —dijo con tristeza—. Y yo siempre en su sombra, en medio del estrépito de reproches y preguntas sin respuesta. No llegábamos nunca a nada, toda la vida era la misma rueda de discusiones, y siempre volvía la cuestión de mi padre, que, por cierto, con cuarenta años que tengo, aún no sé quién es.

—Pero, Silvia..., esa obsesión genética de tu adolescencia, ¿no llevas ya mucho tiempo con ella?

Estaban apoyados en la barandilla blanca mirando hacia el mar. Desde el salón sonaba el piano de *Cocktails for Two*, y Baz se preguntó por los estragos que causa el silencio. Linda nunca quiso contar, pero si hubiera hablado tal vez aquel material tan sólido que la separó de su hija habría sido más maleable. También él calló, toda una vida callando, mirando desde lejos. Pero ahora estaba cerca. Los hechos del pasado eran cada vez más remotos, más ficticios, para qué seguir cubriendo aquella historia con capas y capas de tiempo cuando el presente estaba tirando de ella. Puso un brazo alrededor de Silvia y la apretó fuerte.

—Ven aquí, guisante —dijo al tiempo que ella alzaba la cara para mirarlo—. *Mi* guisante perdido.

—¿*Tu* guisante? —preguntó Silvia.

—Pues claro —respondió Baz. Sus ojos diluidos ahora en un verde líquido—. ¿De quién si no?

Ella hizo de sus manos un pañuelo y escondió ahí la cara, al principio en silencio, y luego con un llanto pausado, hasta que Baz la cogió de los hombros para girarla y estrecharla en un abrazo de oso que llegaba con mucho retraso. Pero en el fondo, ¿no lo había sabido siempre?

Cuando Silvia empezó a llorar, todas las lágrimas le supieron a alivio. Claro que alguna vez sospechó que podría ser Baz, y también pensó que quizá era hija de Milko. O incluso de Lorenzo, o del mismo Alvise. Al fin y al cabo, había pasado su vida con ellos, y todos la precedían en su relación con Linda. Pero cabía la posibilidad de que fuera alguien desconocido, o de que ella fuera fruto de la violencia; no saberlo la llevó a temer de forma retrospectiva por su madre toda la vida. Pero si era Baz su padre, ¿por qué no se lo habían dicho?, ¿y desde cuándo le gustaban a él las mujeres? Todas las preguntas cayeron como un aluvión: ¿qué había sido aquello?, ¿una relación?, ¿un desliz?, ¿un favor?, ¿un descuido?

Baz la separó de él y le apartó las manos y el pelo de la cara, alcanzándole un pañuelo de tela que Silvia abrió, buscando instintivamente unas iniciales que no tenía.

—Silvia, te hubiera querido igual, aunque no hubieras sido..., ¿cómo es eso que se dice? Sangre de mi sangre. Te quise desde que conocí a Linda, porque la empecé a querer a ella inmediatamente. Hay seres con los que solo nos cruzamos un instante, o que se van antes de que sean nuestros, como George, pero que viven siempre en nosotros, en su ausencia, en el formato que les haya tocado. A ti te tocó el de guisante escurridizo.

—¿Pero por *qué* no me lo dijisteis? —dijo con la cara roja del llanto.

—Queríamos crear nuestras propias reglas. Éramos personas heridas y un poco asustadas, y también públicas ya entonces, sobre todo tu madre. Estábamos luchando por hacernos un hueco tal como éramos en un mundo de libertades aún muy frágiles. Al menos eso creo, hace mucho tiempo de todo.

Silvia recordó *Teorema*, la película de Pasolini, una de las preferidas de Baz. Había un personaje que hablaba de inventar nuevas reglas, de crear un mundo con normas desconocidas… para poder vivir como un loco, decía.

Como eso que llaman leer el pensamiento consiste en haber pasado mucho tiempo con alguien y compartir referencias con ese alguien, Baz supo que Silvia estaba queriendo recordar el pasaje de Pasolini y, respondiendo a la voz de su memoria, dijo:

—Eso es lo que nosotros quisimos: no tener que plegarnos a vivir bajo unas normas establecidas. Lo que decía el joven artista de *Teorema* es que era necesario vivir bajo nuevas reglas, construirse un mundo propio, «como un loco, sí, como un loco», decía.

—Ya, ¿y no podríais haber vivido así y decirme que yo era tu hija?

—Pero, Silvia, tu madre es Linda Rams; no quería estar vinculada a mí por valores tradicionales, no tenía por qué.

—Pero yo no soy un valor.

—Ya lo sé. Pero Linda es un pájaro rebelde, el *oiseau rebelle* de la ópera de Bizet que siempre ponía en Roma. ¿Te acuerdas?

—¡¿Qué pájaro, Baz?! Déjate de películas. Elegisteis ser iconos y figuras para el mundo en vez de padres. Tú un icono gay, y mi madre…, no sé, ¿de qué es icono el pájaro rebelde? Todo suena más interesante que ser mamá y papá, eso seguro, sobre todo si no te toca el papel de hija en la historia, una hija que no sabe nada ni pinta nada.

—Silvia… Cuando creciste ella quiso contarte todo, pero no sabía cómo. Nunca encontraba el momento, y cuanto más os alejabais más difícil era. Como todo era tan frágil entre vosotras, tenía miedo de cómo reaccionarías. Y sí, es verdad que hemos llevado vidas un poco extravagantes, pero tú no has crecido abandonada; a nadie han querido tanto como a ti. Y aunque lo hubieras sabido, yo no habría sido ese papá que te lleva a hacer gimnasia rítmica o se disfraza de Batman para tu cumpleaños. —Baz hizo una pausa y la miró confundido—. De todos modos, siempre pensamos que en el fondo lo sabías. ¿De verdad no lo habías pensado? ¿Gold? ¿Silver? Aquello de Silverstone era un modo de susurrártelo sin decírtelo, y nos pareció poético que siempre estuviera a tu lado. Tu madre te dio la *i* silbante de tu nombre, y yo te di un metal precioso para tu apellido, un amuleto doble.

—Estáis locos los dos, Baz. ¡Y por eso yo también lo estoy!

—Eso es verdad, aunque no es nuevo en la cadena de padres e hijos. Ahí sí que no hemos sido nada originales —dijo con una mueca.

Pero Silvia miraba al suelo y ya no respondía, así que Baz añadió en tono burlón:

—¿De dónde ibas a sacar tú esos ojos verdes si no? Con lo negros que los tiene tu madre.

—Qué tontería. Hay muchos hombres con ojos verdes.

—Pero no tan bonitos como los nuestros.

—Mira, ahora te sale a ti la fascinación genética, qué papá tan orgulloso —dijo Silvia con escarnio—. ¿Se puede saber al menos *cuándo* fue o *qué* pasó?

—Los hijos nunca saben ese tipo de cosas, y desde luego no las preguntan.

—Sí, pero yo me he convertido en hija a los cuarenta años. Mis derechos son distintos.

—¿Cuándo fue? —dijo Baz concediéndole aquello—. Fue la noche que Linda y yo nos conocimos. ¿Y qué pasó? Pasó que el sexo puede ser muchas cosas, el fruto de una conexión intensa, el principio de un lazo vital, una base mullida para lo venidero. Y aunque aún no lo sabíamos, puede surgir como surge la nieve en Londres, caer del cielo inesperadamente, dando un nuevo giro a todo lo que llega después.

—¡Eres un peliculero! —gritó Silvia—. Y un loco.

—*Guilty as charged* —respondió—. Eso no te lo voy a negar, pero romper con lo que existe siempre se ha visto como cosa de locos.

—¿Y por qué me lo cuentas ahora?

—No sé, porque hace demasiado tiempo de todo, demasiado tiempo callando, porque pensé que lo sospechabas. Y porque cuarenta años ya son años. Y no quiero que te pesen más de lo que ya pesan.

—Pero ¿habías venido a decírmelo?

—No. He venido a buscarte. Nos está esperando un barco con patrón en el puerto. Si salimos ahora, llegaremos a Capri por la mañana —dijo levantándose—. Es tu madre.

TERCERA PARTE

Es posible que, las más de las veces, los abrazos de oso se los acaben llevando absolutos desconocidos: extraños con quienes compartimos un trayecto de tren nocturno, la joven del probador, una mujer que empieza a sentirse libre, una multitud reunida en un emblemático concierto o bajo las patas azules de *Marco Cavallo*. Quizá esos abrazos lleguen con más facilidad impelidos por la ligereza del anonimato; lo ignoto se tiene por magnífico, decía Tácito. Y esos seres recién llegados al mundo que son los extraños, en su magnificencia, a menudo son los receptores de nuestros abrazos más úrsidos. Y nosotros de los suyos, claro. Todos somos siempre extraños para alguien.

¿Qué decía aquella frase sobre el presente que le gustaba a Milko? Que nos eludía, que se nos escapaba, que en eso consistía la tristeza de la vida, algo así. Silvia daba vueltas en la cama intentando recordarla; las palabras y el sueño merodeaban cercanos, pero ninguno se instalaba con ella.

En ese momento, contemplaba el mar encrespado desde el camarote del velero que cruzaba los doscientos kilómetros que separan Estrómboli de Capri. El oleaje se alzaba por encima del barco un instante y, casi de inmediato, lo devolvía a la cresta de la ola, una perspectiva que alternaba entre el picado y el contrapicado. El presente puede ser bello, e incluso poético, y no le hacemos caso, algo así diría Kundera. Pero nos elude, porque somos nosotros quienes lo evitamos, porque nada hay sin mezcla, y hasta los momentos sublimes arrastran una dosis de realidad inoportuna mientras están ocurriendo. En aquel instante, por ejemplo, dormir con el vaivén del barco era casi imposible. Y no marearse también.

Silvia se incorporó con intención de abandonar el camarote para evitar las náuseas. Se hizo con una manta que encontró a los pies del colchón, donde dormía Dai. Aunque parecía sumido en un sueño profundo, cuando sintió que ella se movía, se puso en pie como un resorte y la acompañó a cubierta, subiendo las empinadas escaleras con prudencia.

En el exterior, el patrón miraba al horizonte mientras sostenía una pequeña radio de la que salía una voz casi imperceptible. El momento presente reclamaba un poco de atención, estaba ahí, plantado ante ella, con su noche limpia de nubes y un cielo plagado de estrellas. Silvia se envolvió en la manta y se sentó junto al mástil, con Dai a sus pies.

En todas las historias habrá un último suspiro, y entonces sus protagonistas dejarán de formar parte de lo que acontece, y quizá regresen en forma de recuerdo escarchado. El final de Linda Rams podría haber llegado en aquella hamaca, frente a los *faraglioni*, con el recuerdo de Aschenbach y su traje blanco, una despedida digna de estrella de cine. Pero las veredas que toma la narración de la vida son una incógnita. A veces les ocurre como a esas canciones que Alvise Colonna ponía para bailar durante los rodajes; en un momento dado caía la sintonía y se creaba la ilusión de que había llegado el final, pero era solo un juego. Porque hay vidas a las que aún les quedan acordes, y todavía presenciarán bailes y animarán las noches de quien se arrime a ellas.

Linda estaba bien, aunque Lorenzo se había llevado un buen susto. Menos mal que no le ocurrió estando sola, le dijo Baz a Silvia. Había perdido el conocimiento en una hamaca, y el reportero corrió hacia ella al ver que no contestaba; el pulso lento, las manos frías.

En el hospital les dijeron que había sido un desmayo causado por una caída de tensión. Linda estaba deshidratada, tenía la presión arterial muy baja; no era aconsejable que estuviera a esas horas deambulando por la isla, como una palomilla nocturna, le explicó el médico. «Señora Rams, no puede andar de acá para allá tomando negronis, comiendo langosta, olvidándose de descansar, de beber agua, de que tiene casi ochenta años». Linda pidió perdón a los médicos que la atendieron. Como hacía siempre que incurría en algún exceso, era una disculpa sincera, por las molestias, por pecar de irresponsable. Se olvidaba un poco de que era Linda Rams y actuaba como una niña amonestada, lo que provocaba siempre la misma reacción entre el personal médico, que se apresuraba a aliviar su visible malestar por haber incumplido ese compromiso de cuidar el cuerpo, adquirido con el paso del tiempo. «No se preocupe, señora Rams, es un placer atenderla, se lo decimos por su bien, pero aquí estamos para lo que sea menester, y no se apure, que está usted muy bien, quién pudiera llegar así a su edad». Linda abandonaba siempre el hospital con la sensación de estar saliendo de una rueda de prensa tras algún escándalo menor.

Nada era muy grave. Una pide disculpas, parte un puñado de espaguetis si es necesario. Y todo sigue su curso.

Pero Lorenzo se alarmó. Le habían mandado unas pruebas para comprobar que la frecuencia cardiaca no fuera más baja de lo normal. Los resultados podrían tardar días, así que avisó a Baz y a Milko. Quizá tendrían que venir, les dijo; preguntó por Silvia también, alguien debería hablar con ella. Milko conocía su paradero, pero decidieron que iría Baz a buscarla, y que Milko viajaría directamente a Capri. Él había pasado veinte años viviendo con Linda. Sabía que su amiga estaría comiendo cualquier cosa, a deshoras, descuidándose, o al menos no cuidándose lo suficiente. Pensó que quizá Lorenzo tendría que volver a Roma en algún momento, que los días se le harían eternos a ella cuando eso ocurriera. Habría fiestas e invitaciones a cócteles, claro, pero no tantas como antes. Y estar acompañado en el mundo exterior no es óbice para sentirse abandonado por ese mismo mundo al llegar a casa. Linda siempre evitó las casas, pero en las *suites* también desaparece la luz lentamente y, por la noche, los armarios y la nevera aprovechan el silencio para crujir y sobresaltar el sueño ligero de quien duerme en un hotel.

Lorenzo y Linda estaban en la terraza siguiendo las órdenes de los médicos; en la mesa, una jarra de agua y un cuenco con palitos de zanahoria cruda. Cuando apareció la cabeza blanca de Milko por la puerta, Linda negó con la suya y se levantó de un respingo. En el abrazo, con la cara a la altura del pecho de su amigo, le recriminó haber desatendido su vida, con los compromisos o relaciones que en ella existieran, para presentarse allí tras el desmayo.

—Veo dos maletas grandes; no me digas que vas a abandonar una vida en París para cuidar de una señora mayor.

—Pensé que lo primero que harías sería criticar el pelo blanco y luego ya reprenderme por haber venido tan rápido.

—¡Es verdad! Esas canas te echan veinte años más, y la vejez se contagia por osmosis; algo tendremos que hacer —dijo mientras lo abrazaba de nuevo.

—Ya me he asomado a la ventana de París un tiempo —le aseguró—, y siempre está lloviendo. Si me dejas, me quedo contigo. —Y sin esperar respuesta señaló en dirección a la mesa—. Y qué es esto de comer hortalizas crudas, Lorenzo —dijo acercándose al reportero con los brazos abiertos—. Estáis aquí como dos conejos.

—¡O dos ranas! —dijo Linda alzando el vaso de agua.

—Esto no es comer sano, esto es hacer penitencia. Algo mejor podremos preparar con lo que haya por aquí —declaró Milko de camino a la pequeña cocina de la *suite*.

Existe esa creencia popular de que, cuando se vuelve a ver a los antiguos amigos, irrumpe la sensación de que nada ha cambiado, que todo se retoma donde se dejó, y no sentimos que nuestra piel y nuestros ojos hayan presenciado tantos amaneceres sin ellos, se nos olvida que nuestros huesos han recorrido kilómetros lejos de esas personas, porque todo vuelve a ser como había sido antes de ese periodo de ausencia al que tal vez nos empujó la vida.

Pero cuando Linda se vio de nuevo instalada en el Punta Tragara con Milko, y él volvió a convertir aquella *suite* en un hogar, no sintió que no hubiera pasado el tiempo, sino que más bien notó el peso de los últimos veinte años. Dos décadas en las que, hastiada de los papeles que le ofrecían (la madrastra en un cuento de princesas, la suegra de un exitoso empresario, la divorciada que vuelve a encontrar el amor), Linda apenas había trabajado. Eran todos personajes planos con los que se le sugería que viviera de las rentas de haber sido lo que un día fue, y no de lo que era en ese momento. Alvise Colonna, que había dirigido más de veinte largometrajes, pasó los últimos diez años de su vida sin hacer cine. Otros directores con los que trabajó habían fallecido o ya no estaban en condiciones de hacer películas. Fue un tiempo en el que hubo enfermedades, deterioro, y todas aquellas cosas que habían sido dejaron de ser. Silvia dejó de ser niña, Linda dejó de ser joven, Milko dejó de ser su compañero de casa y de vida.

Así que, cuando su amigo checo se instaló de nuevo con ella, no solo no sintió aquello de que no hubiera pasado el tiempo, sino que cada fibra de su cuerpo reparó en que habían pasado demasiados años. Y vivió la vuelta de Milko como una suerte de renacer; era cierto que la Roma que compartieron se había desvanecido, que no los acompañaban sus amigos ni ese embrujo grácil que se conoce como tener toda la vida por delante, pero Linda sabía que volverían la comida caliente, las charlas sobre libros, el recuerdo de Marcella Marioni como la niña despierta y generosa que recordaba Milko. Su ausencia era un cuchillo frío con el que amanecía cada mañana, pero sospechaba que el vacío compartido sería un lugar menos solitario.

Mientras Milko organizaba la comida para no seguir alimentándose como conejos en la cocina de la *suite*, a doscientos kilómetros, Baz le contaba a Silvia lo ocurrido durante la Gran

Nevada del 57 cuando el silencio congeló la atmósfera con copos que, en su trayecto desde las nubes hasta las azoteas londinenses, se convirtieron en el accidente que trastocó todo lo venidero.

Y así, la mañana siguiente a aquel día en el que mediaron palabras y abrazos en la latitud de ambas islas, llegó el velero donde viajaban Baz, Silvia y Dai a la Marina Grande de Capri.

Linda, Lorenzo y Milko estaban reunidos ante la mesa del desayuno, en esa terraza donde tanta vida habían hecho. Como siempre ocurría cuando llegaba alguno de ellos, apareció una cabeza por la puerta que conectaba con el interior de la *suite*. Baz miró en dirección a Linda, que en ese momento estaba llevándose un trozo de fruta a la boca y, al verlo, se quedó con el tenedor a medio camino. Quiso decir algo, pero la sonrisa le invadió todo el rostro.

—*Ma perché sorridi cosi? Non si capisce mai se giudichi, se assolvi, se mi stai prendendo in giro* —dijo Baz. Y con ello situó en ese umbral a Marcello Mastroianni y a Claudia Cardinale, con aquella complicidad que los había unido también a ellos a lo largo de los años.

De repente, Linda y Baz estaban abrazados de nuevo, sentados a la mesa con Milko, con Lorenzo, una familia hecha a base de seres solitarios, como lo son en realidad todos los núcleos, aunque les una la sangre o la genética, o cualquiera de esos lazos indestructibles que en realidad son siempre quebradizos, pues los crea la fragilidad humana.

—Silvia está en Capri —le dijo Baz a Linda cuando terminaron de comer—. Hemos venido juntos.

Linda sintió que cada una de las células de su cuerpo reaccionó a aquella información. Ahí estaba su Silvia. No había acabado la música. Aún quedaba algo después del silencio. Miró hacia la mesa, y los demás le devolvieron el gesto de quien ya está al tanto. No tuvo que preguntar dónde se encontraba o por qué no había ido al Punta Tragara, porque el paso del tiempo nos susurra información sin palabras, y Linda conocía la respuesta a esas preguntas que no existieron.

Por la tarde Milko tomó el mando del lugar, Baz se fue a dormir y ella recibió una llamada de los servicios de rescate de la isla, con quienes había contactado hacía poco. El lagarto azul estaba protegido, y trasladar a una señora mayor en helicóptero para abandonarla en la cumbre de un pedrusco con la esperanza de que lo atisbara no era una petición que hubiesen atendido normalmente, pero a veces en Capri se llevaban a cabo misiones estrambóticas para quienes eran parte de la leyenda de la isla.

Justo cuando colgó el teléfono con el jefe de rescate marítimo, entró Lorenzo en su habitación.

—Me van a llevar a ver los lagartos —le anunció.

—¿Ahora?

—Sí, parece que sí. Hoy está de guardia el jefe más viejo; es un cinéfilo y está a punto de jubilarse. Es mi oportunidad, Loren. Después ya solo habrá gente con ganas de respetar las reglas. Me ha dicho que vaya al puesto de vigilancia, que saldremos desde allí.

—Tiene un perrito —dijo Lorenzo desde la puerta. Ella estaba sentada frente a su tocador y se veían a través del espejo.

—¿Silvia? —preguntó girándose.

—Sí, me lo ha dicho Baz. Ha venido con ellos en el barco.

—¿Qué más te ha dicho?

—No mucho más. Que está bien, que tiene un pequeño hotel en Estrómboli al que ha llamado Casa Asa Nisi Masa.

—¿Te das cuenta, Loren? —dijo Linda—. Podemos recorrer kilómetros para reinventarnos, pero rehacemos la vida con un nombre compuesto por las *aes* y las *íes* de las que estábamos huyendo.

Lorenzo alzó la vista asintiendo; efectivamente, esas eran las vocales de la casa, y acto seguido miró a Linda.

—¿Qué? —preguntó ella.

—El perrito.

—¿Qué pasa con el perrito?

—Me ha dicho Baz que se llama Dai, que Silvia lo ha llamado Dai.

Se miraron con complicidad, y Linda se dio la vuelta.

—Me esperan los lagartos, Loren. Llevan esperándome mucho tiempo —explicó mientras se ponía en pie. Su amigo dijo que la acompañaba, pero ella negó con la cabeza.

—Preferiría que no fueras sola, Linda. No voy a entrometerme en tu aventura, ni te enterarás de que estoy allí.

Pero ella volvió a decir que no sin palabras y, como los unían muchos silencios, él supo que subiría sola.

En el extremo más occidental de la isla, entre el fuerte del Pino y el de Mesola, los acantilados daban un respiro al litoral pétreo y se abría una playa de difícil acceso en la que Silvia jugaba de pequeña.

A principios de los ochenta, cuando todo era fuego entre madre e hija, Silvia le echaba en cara a Linda no haberle dado nunca un hogar, que se hubieran pasado la vida en hoteles, huyendo de las casas donde podrían haber sido una familia, pero qué familia, solo eran dos, y Linda nunca estaba; y, cuando se encontraba allí, siempre prefería estar en otro sitio. Milko hacía lo imposible por crear un lugar acogedor, pero ni siquiera había una casa donde construirlo. Silvia estaba harta de los hoteles, del Punta Tragara y de la *suite* con el nombre de su madre.

En aquellos años, Linda adquirió una propiedad en esa remota playa. Era un lugar tranquilo, cercano a Anacapri, rodeado de huertas y terrenos que pertenecían aún a gente de la isla, alejado de los focos de Tragara. La casa estaba abierta al mar, el porche expuesto al salitre y a los temporales, sin ninguna tapia ni cobertura para protegerse de los elementos o los *paparazzi*. Era un lugar poco práctico para Linda, y apenas lo frecuentó. Lo compró con la idea de que lo disfrutaran las dos, que la casa de la playa fuera el hogar que Silvia ansiaba, pero no funcionó, porque el vínculo con los lugares es tan involuntario como el que se crea con las personas, y el espacio de Linda siempre fue Punta Tragara. Aun así, no se deshizo nunca de la casa. Silvia pasó allí alguna temporada por su cuenta, aunque no muchas; la tranquilidad de la zona no encajaba con ella y, cuando buscó el sosiego de verdad, saltó lejos de la noria de su vida a esa otra isla dividida por un volcán.

Linda bajó por el sendero del Pino y llegó a la parte trasera de la propiedad. Llamó, se quitó las gafas de sol y se asomó por las ventanas, pero no vio a nadie. Se preguntó qué le habría dicho Lorenzo si hubiera sabido que iba a buscar a Silvia. Lo imaginó haciéndole alguna de sus advertencias más teatrales para que no estropeara el momento: que todos corremos el peligro de convertirnos en ámbar fosilizado en los instantes clave de la vida, que el orgullo puede convertirse en una cárcel. Pero Linda no le había dicho adónde se dirigía, ni a él ni a nadie.

Al abrir la puerta, se topó con una claridad deslumbrante y tuvo que guiñar los ojos. Toda la parte delantera, construida a base de porches y un bello jardín, estaba abierta al exterior, y el sol de la tarde era cegador; por el suelo había cosas de Silvia desperdigadas y una camita de perro junto al pilar central. ¿Qué tenían de bueno las casas? La Tana, que tantas veces la acogió en Via Margutta con sus amigos, sí fue un espacio donde sentir la complicidad que existe entre un hogar y sus ocupantes. Y también le ocurrió en su piso de Via Borgognona cuando Milko le contaba historias en la cocina y pasaba por allí Lorenzo. En aquella época, Baz llamaba todas las noches desde Londres y pasaban horas al teléfono, compartiendo historias que volverían a contarse cuando él estuviera en Roma. Linda siempre ansió toda esa intimidad, pero las casas en sí eran solo paredes silenciosas, recordatorios de que la complicidad se estaba forjando entre otros muros.

Salió al porche y se sentó en los dos escalones que conducían al jardín. Con su amplio vestido azul y el mar vespertino de fondo, podía confundirse con una ola que se acerca demasiado a la orilla y, varada, decide si volver dentro y diluirse en la masa acuosa o quedarse en tierra y hacer una vida de secano, ocultando para siempre su naturaleza acuática.

En ese momento, vio a una mujer de unos cuarenta años que caminaba por la orilla con una niña pequeña. Las dos iban descalzas y, desde la casa, se escuchaban las carcajadas de la cría cada vez que se le mojaban los pies. La que seguramente era su madre le ofreció cambiarle el lugar, pero el objetivo era justo el intento de escapar de las olas y el jolgorio de no conseguirlo. Quizá como parte de la diversión, la niña quería darle la mano y la mujer, tal vez prestándose al juego, se la retiraba y, en su lugar, le daba un leve pellizco en la piel de la palma. Linda las vio caminar así un rato, la niña con la palma hacia arriba, la madre pellizcándole la pielecita ligeramente, ambas alejándose y aproximándose a las pequeñas olas de la orilla, asidas por el tenue repizco a la manita infantil.

Desde su posición de observadora, con las rodillas abrazadas al pecho, Linda se preguntó cómo recordarían ambas aquel juego. Tal vez ese gesto sería un recuerdo divertido para la niña, o quizá lo rememoraría como un anhelo. La mano que no aprieta la suya, el abrazo que se hace esperar. La madre jaleaba las carcajadas de su hija cada vez que la alcanzaba una ola, y ella se preguntó cuánto había reído con Silvia. ¿Qué esperaba la niña de esas mañanas en que se les iban las horas con los ojos cerrados por la playa? Guiándose la una a la otra como parte de aquel juego cuyo nombre siempre fue un misterio para ella.

Quizá la nostalgia no es más que la tristeza de saber que los recuerdos mutan sin descanso, y que la niña que hoy alza la palma de la mano para que su madre la pellizque ya nunca más será esa niña, y cuando rememore el instante mediará todo en lo que se haya convertido.

En ese momento, Linda se giró hacia la derecha al ver que algo se acercaba en diagonal desde la orilla. Era Dai corriendo hacia la casa; el animal se paró en seco frente a ella, que, sentada en el escalón, era de la misma altura que el perro. Se miraron a los ojos, Dai dio una vuelta sobre sí mismo y le puso la cabeza sobre los pies. Ella lo acarició y miró en dirección a la madre y a su hija pequeña, que salían de su campo de visión y llegaban al otro extremo de la playa, pero ahora, hasta donde conseguía ver, le pareció que iban abrazadas. Al volverse de nuevo hacia el mar vio a Silvia, y supo que también ella había contemplado a aquellas dos paseantes, sombras quizá de un pasado al que se asomaban esa tarde.

Llevaban demasiado tiempo sin verse, y Linda agradeció que estuviera allí aquel simpático perrillo para aliviar la intensidad del momento. Silvia venía caminando desde la orilla y, en la distancia, su madre intuyó su buen aspecto; no era la mujer que acarreó toneladas de peso en su juventud, algo en ella se le antojaba ligero, y lo que fuera que llevara consigo, pensó Linda aliviada, no era punzante. Cuando estuvo más cerca, Silvia se subió las gafas de sol a modo de diadema y esbozó una sonrisa que podía significar muchas cosas. Era la misma de su madre, que a su vez le regaló la original y se hizo a un lado para dejarle hueco en el escalón.

Linda podría haberse levantado, abrir los brazos de par en par, pero los abrazos de oso, ya lo sabemos, tienden a esquivar a quienes cargan con tanto pasado. Y, además, habían llegado hasta allí, estaban a punto de sentarse la una al lado de la otra, y a Linda le daba terror romper la burbuja en la que se encontraban, la fragilidad de una pompa que las había conducido hasta ese escalón, un lugar en el que aún no se habían hecho daño. Silvia se sentó sin decir nada, y Dai se acurrucó entre ambas. Sin intención de copiar la postura de su madre, también ella atrajo sus rodillas hasta el pecho, abrazándolas. Mirando al frente, dejó caer la cabeza en el hombro de Linda, que le acarició el pelo, aliviada de tener a su hija tan cerca, y advirtió que tenía la cara mojada de lágrimas.

—Mi Silvia…, mi guisante —dijo estrujándola con fuerza.

En ese instante, Linda deseó con todas sus ganas que aquel fuese un nuevo umbral, y que ya no hubiera vuelta atrás. Y Silvia recordó que hacía apenas veinticuatro horas Baz la había llamado «*mi* guisante perdido». Ahora era el guisante de ambos. Se preguntó si su madre sabría algo sobre ese encuentro.

—Así que todo este tiempo resulta que estabas ahí enfrente —dijo Linda señalando hacia la playa.

Su hija se encogió de hombros con una mueca y las dos sonrieron, repentinamente unidas por el azul del mar que las había separado.

—Tú te pareces mucho a Snoopy, ¿no? —le preguntó Linda a Dai, que la miraba fijamente.

—¿Tú crees? —dijo Silvia.

—¿No te lo parece? El cuerpo blanco, las orejotas negras, y este collar rojo tan bonito. Yo creo que este perro es un personaje de ficción.

—Mamá…

—¡Es verdad! ¡Míralo! Es un personaje perruno. Quizá él también tenga una imaginación desbordada, como Snoopy, y cree que puede ser cualquiera, un estudiante universitario, un piloto de la Segunda Guerra Mundial… Si es así, aunque ahora esté aquí, una parte de él se encontrará muy lejos.

Silvia miró a su madre divertida al imaginarse a Dai disfrazado de piloto.

—Me acuerdo de que su dueño, Charlie Brown, tenía que sacarlo de su mundo ilusorio muchas veces.

Se giraron de nuevo hacia el mar, y Linda asintió.

—Sí, de hecho, en su afán por que ponga los pies en la tierra, Charlie le avisa de que un día morirán todos. Pobre Snoopy, los perros no tienen por qué escuchar esas cosas.

—No me acordaba —dijo Silvia—. Aunque no le falta razón.

—Sí, pero Snoopy le recuerda que morirán solo un día, los demás no.

—¿Los demás días?

—Claro. Solo nos morimos un día, Silvia; los demás no, los demás seguimos vivos, y esos días hay que vivir, estar con todos, en todas partes.

La hija de Linda Rams sonrió negando con la cabeza y se giró hacia su madre, que levantó las manos y arqueó las cejas, como diciendo que aquello no era cosa suya, que había verdades con más soberanía que ella, y que en ese momento era solo una mensajera de la filosofía de quienes habían vivido otras vidas.

—He venido a buscarte para que vayamos a ver a los lagartos azules —anunció.

—¿Al *faraglione*? —preguntó Silvia sorprendida.

Linda asintió con aquella expresión de exaltación que su hija conocía bien. Así era su madre; se entusiasmaba de veras, y ese entusiasmo lo abarcaba todo. Pero en este nuevo principio Silvia ya conocía los riesgos de ese alcance.

—Ve tú, mamá. Son tus lagartos. Baz me dijo ayer que Milko está en el Tragara, y tengo muchas ganas de darle un abrazo. Sube tú a verlos y yo te espero con ellos en el hotel.

¿Cómo iba Lorenzo Belmonte a escribir aquella biografía? Si hay ojos de reptiles escondidos en las cumbres, si la existencia está compuesta por ficciones, enigmas y espantoso azar, quizá es que la vida tiene demasiadas zonas de sombra para contarse. Fellini se lo había recordado muchas veces: *Nulla si sa, tutto si immagina*, claro, nada se sabe, todo se imagina.

Y así ocurrió también en esta historia. Aquella noche de verano, como sucede cuando varias personas comparten tiempo y espacio, cada uno vivió una realidad y nadie fue consciente de que apenas sabía nada de lo que ocurría a su alrededor. Cuando Silvia se asomó por la terraza como un fogonazo de luz, ninguno podía adivinar que ya había visto a su madre, que la hija de Linda Rams empezaba a sospechar que en el mundo cabían más cosas aparte de hojas y árboles.

Sintió también que, tras cuarenta años, por fin tenía toda la información. E inmediatamente, al verse allí, sentada a la mesa con Baz, con Milko, con Lorenzo, ya no supo distinguir qué había sabido siempre y qué acababa de descubrir, ni tampoco la importancia que tenía. Sí supo que no volvería a esconderse en ninguna isla volcánica, que se instalaría en la casa de la playa de Anacapri. Y, con esto, Silvia creyó que lo sabía todo, porque siempre hay momentos en los que la imagen imprecisa de la existencia nos aparece enfocada, y entonces creemos tocar una suerte de cima; por fin hemos llegado, esta es la cumbre, desde aquí se ve todo, qué descanso haber salido del desconcierto que supone vivir.

Pero Silvia no podía saberlo todo porque esa cumbre se mueve con nosotros, y se difumina cuando creemos estar a punto de tocarla, y así, la hija de Linda Rams desconocía que en ese momento ella contenía ya un quicio, porque el embarazo es el mayor umbral de todos, la anticipación de la vida que aún no es y que nueve meses más tarde se llamaría Alicia.

Es verdad que el final es común a todos, que siempre habrá un último suspiro, pero los días en los que no llegue ese final son días en que aún estamos vivos; ella seguía viva y su ilusión era ver aquellos lagartos misteriosos. Ese argumento era el que había convencido al jefe de los servicios marítimos. El helicóptero dejó a Linda en la cumbre de aquel puntiagudo peñón, y el copiloto, que la ayudó a bajar a tierra, le dio media hora. Después la recogerían, aquello no parecía muy prudente, una señora de setenta y ocho años allí sola.

Linda les dio las gracias profusamente, se agazapó como una niña al lado de unos arbustos y esperó paciente. Observó la superficie lisa de una roca y supuso que así serían las que elegían los lagartos para tomar el sol. Desconocía si eran animales solitarios o se agrupaban para sobrevivir, pero siempre había imaginado que aquellos seres ancestrales eran sociables, quizá fuera solo por la forma de la boca, que, como a los delfines, les confiere un aspecto afable.

En ese instante, desde la cumbre, alzó la vista y reparó en que todo ocurría bajo su mirada. Vio el hotel Punta Tragara, su azotea, las hamacas colocadas hacia donde estaba ella. Intuyó cuatro figuras humanas y una perruna, y supuso que estarían haciendo todo lo posible por que sus retinas retuvieran el resbaladizo presente.

Aquella era su vida, fortuita e incierta, aunque también inequívoca.

Reconocimientos y agradecimientos

Detrás de cada libro se encuentran muchas huellas de las palabras e imágenes que hicieron posible lo que acabamos de leer. Mientras escribía esta historia, me acompañaron varias películas. De Roberto Rossellini, *Roma città aperta* (1945), *Stromboli, terra di Dio* (1950) y *Viaggio in Italia* (1954). De Federico Fellini, *La strada* (1954), *Le notti di Cabiria* (1957), *La dolce vita* (1960), *8 ½* (1963) y *Amarcord* (1973). De William Wyler, *Roman Holiday* (1953). De Pier Paolo Pasolini, *Teorema* (1968). De Michelangelo Antonioni, *L'avventura* (1960), *La notte* (1961) y *L'eclisse* (1962). De Luchino Visconti, *Ossessione* (1943), *La terra trema* (1948), *Rocco e i suoi fratelli* (1960), *Il Gattopardo* (1963) y *Morte a Venezia* (1971). De Billy Wilder, *Sunset Boulevard* (1950) y *Fedora* (1978). De Paolo Sorrentino, *La grande bellezza* (2013) y *È stata la mano di Dio* (2021).

Además de imágenes cinematográficas, hay escritores cuyas palabras también se han colado entre estas páginas. Esta es una pequeña guía para lectores curiosos. «No alargues lo que no tiene vuelta atrás» es una frase de *Los astronautas*, de la maestra de las emociones Laura Ferrero. *El olvido que seremos* es el título de una novela de Héctor Abad Faciolince y, a su vez, hace referencia a un poema atribuido a Borges. Las citas sobre la fama y el éxito que aparecen en un libro que Milko le envía a Linda son de mi querida Rosa Montero y vienen de *La loca de la casa*. Que el mundo se mira una sola vez, desde la infancia, y que el resto es memoria es una idea de la gran Louise Glück. «Estos días azules y este sol de la infancia» son los famosos últimos versos de Antonio Machado. El poema sobre Inés y las berenjenas con queso es de Baltasar de Alcázar, un poeta del siglo XVI. No lo conocería si mi madre no me hubiera regalado *Las mil mejores poesías* hace años (y muchos más tiene ese libro, que ha pasado por varias generaciones).

El poema sobre gansos que Linda no recuerda es «Wild Geese», de Mary Oliver. Y es maravilloso, por si alguien quiere acercarse a él. Aquello que dice Kundera y que los personajes han olvidado es esto: «No hay aparentemente nada más evidente, más tangible y palpable, que el momento presente. Y sin embargo se nos escapa completamente. Toda la tristeza de la vida radica en eso». Aparece en la Segunda Parte de *El arte de la novela*.

Creo que la voz de Javier Marías me acompañará siempre. En esta novela hay una alusión al título de su ensayo «Fragmento y enigma y espantoso azar», que apareció por primera vez en *El monarca del tiempo*, en 1978. También las referencias a las zonas de sombra o a la maldición de la escucha son de inspiración mariesca, así como el brindis sobre aquello que puede ser de una forma y de su contraria (frase de *Mañana en la batalla piensa en mí*). Lo de que nada hay sin mezcla para mí viene de él, aunque en realidad, como el propio Marías explicó en una entrevista en 2002, la frase «Nada hay puro y sin mezcla» es de Yeats. «Los ojos de la mente» tienen tras de sí una larga estela que incluye a Javier Marías, a una antigua maestra suya, y a mis queridas Elide Pittarello y Carmen María López, que son siempre una fuente de inspiración.

Los párrafos escritos por Linda que encuentra Lorenzo están inspirados en los que escribió Dacia Maraini en «La fiesta», un extracto de la entrevista de 1978 que le hace al psiquiatra Giorgio Antonucci.*

Como muchos habrán deducido, hay un personaje-tributo a Franco Basaglia. Pero también encarna el espíritu de otros psiquiatras como Antonucci o Thomas Szasz, que lucharon por devolver la humanidad a quienes se les había negado.

Les estoy infinitamente agradecida a los amigos que leyeron este manuscrito y compartieron conmigo sus impresiones: Luis Abbou Planisi, Rosa Montero, Laura Moure Cecchini y María Seguín. En el camino me han acompañado muchos más. Entre ellos están Antonio Candeloro, Luis Castellví, Renee Congdon, Viuca Cortés, Nacho García Peña, María Haro, CJ Hauser, David Jiménez Torres, Monica Mercado, Cristina Oñoro, Pilar Piñón, Carmen Pujante, Carlos Ramos, Inela Selimović y Yang Song. Como la vida real continua mientras una escribe, agradezco a Alfredo de la Torre y a Fernando Rodríguez Belmonte todo su apoyo.

He tenido la suerte de caer en la familia de Penguin Random House, y de contar con la ayuda de genias como Laura Russo (que también me ayudó con algún asunto sobre comida del sur de Italia), Alicia Medina y todo el equipo de comuni-

---

* https://www.ctxt.es/es/20161130/Politica/9841/Giorgio-Anto nucci-entrevista-psiquiatria-Italia-Dacia-Maraini.htm

cación. Una vez más, a María Fasce y a Pilar Reyes les agradezco la confianza.

Sin Carolina Reoyo este libro no existiría, o sería mucho peor. Carolina creyó en él desde el principio y, como es una maga de la edición, vio más allá de lo que escribí, intuyendo la versión a la que yo aspiraba. Si he conseguido llegar donde quería ha sido gracias a ella. Mi agente, Ella Sher, celebró a estos personajes con la ilusión de quien anticipa la llegada de sus seres queridos, y luego impulsó la historia con su inagotable energía y cariño. Y, además, me ayudó con el italiano. No puedo ni quiero imaginar cómo sería escribir sin ellas.

En la negra espalda de esta historia late la de Carbonell y Con. A ellos les debo, *in memoriam*, haber sido unos abuelos tan peculiares. Mi madre me contó muchas historias sobre ellos y me abrió la puerta a su pasado y a su infancia, que es el mejor regalo para una hija. Mi hermana, Kike y Sarita apoyan siempre mis aventuras literarias con la alegría que los caracteriza, y su entusiasmo ayuda mucho a escribir. Mi padre me animó a hacer lo que me hiciera feliz.

Escribir un libro requiere mucho tiempo, y ese tiempo se lo quitamos a quienes tenemos más cerca. Claudia, como aún era parte de mí, lo vivió desde dentro. Y Andrés se ocupó de muchos vaivenes del mundo real para que yo pudiera dedicarme a esta historia. Gracias a su manera de apoyarme y a que él también la sintió como parte de nuestra vida he sido capaz de contárosla.

Hoy la historia es vuestra, lectoras y lectores; gracias por dejar que os acompañe.

Índice

Este libro terminó
de imprimirse
en Madrid
en diciembre de 2025